Erich Puchta
Geborgen unter weitem Himmel

Erich Puchta

Geborgen unter weitem Himmel

*Betrachtungen und Anregungen
zum spirituellen Lebensweg*

Claudius

*Man soll alle Tage
wenigstens ein kleines Lied hören,
ein gutes Gedicht lesen,
ein treffliches Gemälde sehen
und wenn es möglich zu machen wäre,
einige vernünftige Worte sprechen.*

Johann Wolfgang von Goethe

Für
Friederike
Ruth, Anne und Kathrin

Bibliographische Informationen Der Deutschen Bibliothek
Die Deutsche Bibliothek verzeichnet diese Publikation in der
Deutschen Nationalbibliografie; detaillierte bibliografische Daten
sind im Internet über <http://dnb.ddb.de> abrufbar.

© Claudius Verlag München 2007
Birkerstraße 22, 80636 München
www.claudius.de
Das Werk einschließlich aller seiner Teile ist urheberrechtlich geschützt.
Jede Verwertung außerhalb der engen Grenzen des Urheberrechtsgesetzes ist
ohne Zustimmung des Verlags unzulässig und strafbar. Das gilt insbesondere
für Vervielfältigungen, Übersetzungen, Mikroverfilmungen und die Einspeicherung und Verarbeitung in elektronischen Systemen.
Umschlaggestaltung: HildenDesign / Andrea Barth
Foto Umschlag: © Digital Stock
Druck: Druckhaus Thomas Müntzer, Bad Langensalza

ISBN 978-3-532-62357-2

Inhalt

Einführung **13**

Kapitel 1
Unterwegs **15**
Halt, wo läufst du hin?

Unterwegs – eine spirituelle Einführung 17
Ich bin eine Quelle 32
Ich bin ein Weinstock 34
Der Feigenbaum 36

Kapitel 2
Innehalten Wahrnehmen Innewerden **37**
Die Rose, die du ansiehst,
gewinnt Ansehen für dich

Innehalten 39
Jeden Morgen 40
Unsere Träume 42
Wahrnehmen – eine Hilfe zum Meditieren 45
Wahrnehmen 46
Die Rose 47
Kleines Rosenwunder 49
Sterntaler 50
Stern im Bruchholz 51
Stern unter Sternen 52
Sternlese 53
Weihnachtsstern 54
Venus 55
Wasserrad 56
Eine Melodie 57

Inhalt 6

Kapitel 3
Sehen Schauen Gewahrwerden 59
Es schaut dich an – lass dich anschauen

Sehen und Schauen 61
Wer sieht mehr? 62
Die Sehbehinderte 63
Sehübung 64
Sehen (Wortverwandtschaft) 67
Kurzer Besuch 68
Sinnlich – besinnlich 69
Pfirsich 70
Frucht kosten 71

Kapitel 4
Reden Hören Schreiben 73
Ich falle ins Wort

Goldene Worte 75
Wortwechsel 77
Dein Wort 78
Bewahrt 79
Worte 80
Aufschlüsse 81
Unterwegs 82
Einfall 83
Merkwürdig 84
Ich lese 85
Ich schreibe 86
Zuhören sollst 87
Tagebuch schreiben 88

Kapitel 5
Sorge und Sorgen 91
Gestern vorbei, morgen noch nicht da
und heute hilft dir Gott

Über die Sorge und vom Sorgen 93
In der S-Bahn 99
Nussgebet 100
Klagemauer 101
Gebetswand 103

Kapitel 6
Jahreswege durch die Schöpfung **105**
Am Wegesrand fast hätt' ich's übersehen

Lebensbilder 107
Jahreswege 109
Für dich 110
Am Wegesrand 111
Ostermorgen am See 112
Flurprozession 113
Erste Mahd 114
Die Wolke 115
Wie herrlich 116
Ernte 117
Erntedank 118
Liebe Linde 119
Klosterabend 120
Rein-rasig 121
Erstes Programm 122
Ein Gedicht lernen 123

Kapitel 7
Miteinander unterwegs durch das Kirchenjahr . **129**
Brannte nicht unser Herz?

Gemeinsam unterwegs im Kirchenjahr 131
Der Weihnachtsengel 134
Weihnachten im Kaufhaus 136
Mitten im Sommer 137
Eine frohe Message 138
Als alle wieder gegangen waren 140

Inhalt

Wetterlage am See 141
Der Schafhirte 142
Berg Tabor 143
Karfreitag 144
Sarah 145
Herzversagen 146
Der Weg zurück 147
Andenken 149
Talitha kumi 150
Miteinander unterwegs 152
Pfingsten 154
Guter Geist 155
Wo sind die anderen fünf? 156
Der Bücherwurm 159
Eine Weihnachtsgeschichte schreiben 160
Der gerettete Christbaum 161

Kapitel 8
Begegnung und Beziehung **163**
Und dann und wann trifft dich ein Blick

Begegnung 165
Augenblick 168
Begegnung 169
Gestreichelt 170
Terra incognita 171
Du am Nordkap 172
Über die Liebe 173
Beziehungskrise 174
Möwen 175
Gebet eines Kaktus 176
Ein Krug 177
Eheringe 178
Heilpflanzen 179
Ehelied für reifere Jahrgänge 180
Auf einer Brücke 181
Blick über den Gartenzaun 182
Aufeinander zugehen 183

Kapitel 9
Lebenszeit **185**
Wir werden täglich neu geboren

Zeitlebens 187
Aus tiefem Brunnen 190
A und O 191
Adam 192
Ein kleines Boot 194
Lebensmitte 196
Träume mit 50 199
Leises Erschrecken 200
Zeit vergessen 201
Anschluss 202
Mütter 203
Der alte Pflastermaler 204
Auf der Suche 205
Verwirrt 206
Späte Liebe 207
Erinnerung zur Güte 208
Wer weiß 209
Gebet einer Uhr 210
Meine Sonnenuhr 211
Zeit-Worte 212

Kapitel 10
Ortsbesichtigung **213**
Vergiss mein nicht!

Geortet 215
Ortsbesichtigung einer Kindheit 217
Flohmarkt 219
Bedenklich 220
Am Himmel 221
Am Kircheingang 222
Der Reiseführer in Florenz 223
Toskana 224

Inhalt 10

Sprachschule in Florenz 225
Ballonfest 226
Immer und überall 227
Mitgebracht 228
Meine persönliche Landkarte 229

Kapitel 11
Abschied und Sterben **231**
Im Tod breiten wir die Flügel aus

Abschied 233
Alter Bekannter 235
Ausgebreitet 236
Geblendet 237
Der Glühfaden 238
Geburtstagsgruß 239
Ährenwort 240
Nachruf auf einen Freund 241
Abschiedsgruß 242
Darunter 243
Allerseelen 244
Freund Tod 245
Nur eine Umdrehung 246
Schutzengel 247
Namen-Los 248
Abendprogramm 249
Traueranzeige250

Kapitel 12
Glauben und Vertrauen **253**
Ein grüner Zweig vom Paradies

Vom Vertrauen 255
Vertrauensworte aus den Psalmen 257
Beides 259
Wer sieht mich? 260

Inhalt

Die Versuchung 261
Gelobtes Land 262
Am Ufer 263
Aufschwung 264
Abba 265
Eine Liebesgeschichte 266
Geborgen 270
Über TREU 274
Sich führen lassen 275

Kapitel 13
Heiteres **277**
Du musst nicht immer müssen,
du darfst auch dürfen

Lieben Sie Clowns? 279
Ins Wort fallen 281
Glück gehabt 282
Doppeltes Glück 283
Unterm Starenhaus 284
Dürfen 285
Kurschatten 286
Maskerade 287
Petrus spätgotisch 288
Wechselstrom 289
Kleine Lebensweisheiten 290
Der Pfarrersbu' 292
Fragebogen: Ist das nicht zum Lachen? 293

Einführung

In unserer Gesellschaft gilt das Haben etwas. Eine Position innehaben, ein Amt oder eine Aufgabe. Macht haben: Wer Macht hat, bestimmt. Etwas auf dem Konto haben. Rücklagen. Schwieriger wird es beim Zeithaben.
Wenn die Zeit immer nur drängt und wir an die Grenzen unserer Belastbarkeit stoßen, ist es nötig, zwischendurch innezuhalten, eine Ortsbestimmung vorzunehmen und sich zu fragen: Wo läufst du eigentlich hin?
Mit diesem Buch versuche ich beim Innehalten zu helfen. Nun habe ich leicht reden, da ich mich inzwischen im Ruhestand befinde. Aber auch Ruheständler können in Unruhe und Unrast geraten, da ja die verbleibende Lebenszeit deutlich begrenzt ist. Mancher ist mehr auf Reisen als zu Hause.
Die Kunst besteht darin, mehr in der Gegenwart zu leben. Bewusst und aufmerksam zu erleben, was sich um und mit und in uns begibt. Darum soll eingangs vom Wahrnehmen und Innewerden, vom wachen Schauen, vom ehrlichen Reden und aufmerksamen Hören die Rede sein. Dabei stehen uns oft echte Sorgen und bekümmertes Sorgen im Weg.
Wie wichtig, den Rhythmus des Tages zu finden, sich den Jahreszeiten anzupassen, in denen sich auch unsere Lebensalter widerspiegeln.
Wir gehen Jahreswege durch die Natur und sind miteinander unterwegs im Kirchenjahr.
Wir werden bereichert durch Begegnungen mit Menschen, die uns nahe stehen und denen wir nahe

kommen. Liebe ist nicht nur ein Gefühl, sondern eine Aufgabe fürs Leben. Auch davon ist zu erzählen.
Mache ich mir bewusst, wo mein Ort in der Zeit ist und was mir an Zeit an meinem Ort bleibt?
Jeder Abschied ist ein kleines Sterben und erinnert leise an den letzten Abschied. Das fordert unseren Glauben und unser Vertrauen heraus.
Habe ich Frieden in mir und bei Gott gefunden, kann ich manche Schwächen mit einem lachenden und einem weinenden Auge betrachten. Deshalb schließt das Buch mit heiteren Einfällen. Jedes Kapitel wird mit einer Betrachtung zum Thema eingeleitet. Es folgen Meditationen, Gedichte, Kurzgeschichten aus eigener Feder. Die verschiedenen Personen sind durch „sie" und „er" anonym dargestellt. Jedes Kapitel enthält auch eine Anregung oder Empfehlung, wie das Gelesene ins eigene Leben umgesetzt werden kann. Auch gibt es Impulse für Gruppenarbeit. Die Themen könnten anhand des Materials auch in einem fortlaufenden Seminar behandelt werden.
Die Entstehung dieses Buches war mein „Jakobsweg", der sich über viele Jahre hingezogen hat. Nun, da ich 70 bin, versuche ich, die Summe meines Lebens zu ziehen.
Mit Paulus (Philipper 3,12) möchte ich sagen: Nicht, dass ich's schon ergriffen und begriffen hätte, was das Leben ausmacht – ich jage zwar nicht, aber ich gehe ihm nach und versuche zu verstehen, was die Welt im Innersten zusammenhält.
Ich danke dem Lektor des Claudius Verlages, Dr. Dietrich Voorgang, der mich auf diesem Weg einfühlsam und hilfreich begleitet hat.

Erich Puchta

Kapitel 1

Unterwegs

Halt, wo läufst du hin?

Unterwegs – eine spirituelle Einführung
Ich bin eine Quelle
Ich bin ein Weinstock
Der Feigenbaum

> Wo kommst du her?
> Wo willst du hin?
> 1. Mose 16,8

Unterwegs
Eine spirituelle Einführung

Manchmal muss man eine Reise machen, um zu sich selbst zu kommen. So geschrieben klingt es nach einer allgemein gültigen Wahrheit. Sie scheint richtig zu sein. Ich nicke und sage: Ja, das stimmt. Aber ob diese Wahrheit auch wirklich mich angeht?
Ganz anders klingt der Satz, wenn ich statt *man* nun *ich* sage: *Manchmal muss ich eine Reise machen, um zu mir selbst zu kommen.*
Das hört sich gleich persönlicher an. Da wird aus einer allgemeinen Wahrheit ein Vorsatz, vielleicht sogar eine eigene Erfahrung.
Noch bleibt offen, wohin die Reise geht. Ob in die weite Ferne oder in die unmittelbare Nähe. Ob es ein äußerer oder ein innerer Weg ist oder gar beides. Ob ich den Weg alleine gehe oder mit einem Gefährten, einer Gefährtin. Ein Gefährte ist jemand, der oder die mit mir die Gefahren des Weges teilt.
Ich kann den Weg auch alleine gehen und doch das Gefühl haben, nicht einsam zu sein. Ich fühle mich begleitet von den guten Gedanken eines lieben Menschen, selbst wenn dieser schon gestorben ist. Ich fühle mich begleitet von der Nähe Gottes, von seinem tröstlichen Wort: Fürchte dich nicht! Ich bin mit dir. Du fragst, wer ich bin? Ich bin „der für dich da ist". Auch im dunklen Tal, gerade dann.
Als Mose angesichts eines brennenden und doch

nicht verbrennenden Dornbuschs die Nähe Gottes spürt, fragt er nach seinem Namen. Und er hört: *Ich bin für dich da!* Das soll ihm genügen.

Manchmal muss man eine Reise machen, um zu sich selbst zu kommen. Aber wieso *muss*? Leider müssen wir im Leben viel zu viel müssen. Das Wesentliche ergibt sich im Leben oft von selbst.

Ich finde gerade dann, wenn ich nicht bewusst gesucht habe. Ich stoße auf den verborgenen *Schatz im Acker* (Matthäus 13) fast beiläufig. Freilich liegt es dann an mir, diesen Schatz zu heben und mir zu eigen zu machen. Goethe schreibt:

Ich ging im Walde
so für mich hin,
und nichts zu suchen,
das war mein Sinn.

Im Schatten sieht er eine Blume stehen. Dieses Wesen *wie Sterne leuchtend, wie Äuglein schön* möchte nicht gebrochen werden. Achtsam gräbt es der Wanderer mit allen Wurzeln aus, um es am stillen Ort bei sich wieder einzupflanzen: *Nun zweigt es immer und blüht so fort.*

Es ist die Liebe, die uns achtsam mit allem Lebenden umgehen lässt, das sich uns anvertraut. In der Liebe wird unser Herz weit. Die Grenzen unseres Ichs weiten sich. Ich nehme teil an Freude und Leid des anderen. Dieses *Andere* kann jedes lebende Wesen sein.

Nie werde ich den flehentlichen Blick eines sterbenden Hundes vergessen, der von einem Auto angefahren worden war. Lange ist's her; ich war noch ein Kind. Aber noch heute fühle ich den Blick des

sterbenden Tieres auf mich gerichtet. Ich war ihm in diesem Augenblick sein Nächster.
Wenn wir offen sind für das Leben, werden wir dem Schmerz nicht entgehen. Wiederum kann ich die Freude des Lebens und seinen ganzen Reichtum nur erfassen, wenn ich mich dem Schmerz nicht entziehe.

Ich reife im Leben zum Ich und weiter zum Selbst. Ich komme zu mir selbst. Ich gewinne Bewusstsein meiner selbst. Selbstbewusstsein erwächst daraus. Nicht durch mich allein, sondern in Begegnung und in Auseinandersetzung mit anderen. *Ich bin, aber ich habe mich nicht, darum werden wir erst. (Ernst Bloch)*
Ein Kind spricht von sich zunächst in der dritten Person. Hans hat das getan. Gretel hat das gesagt.
Als ich meinem zweijährigen Enkel ein Foto zeigte, auf dem er abgebildet war, und ihn fragte, wer das sei, lachte er mich verschmitzt an: Das ist der Jacob!
Erst allmählich gelangt ein Kind zum Bewusstsein seiner selbst. Meist versäumen wir jenen kostbaren Augenblick, da ein Kind zum ersten Mal „Ich" sagt. Von einem Philosophen wird erzählt, er habe aus eben diesem Anlass ein Glas Wein auf das Wohl seines Kindes getrunken.
Indem ich „Ich" sage, erkenne ich mich als eigenes Wesen, abgegrenzt von anderen Wesen. Dieses Glück des Bewusstseins meiner selbst wird erkauft durch ein Gefühl des Getrenntseins von anderen. Ich muss lernen, mit mir selbst auszukommen. Mich zu halten, mich auszuhalten.
Mitunter weht mich ein Gefühl der Einsamkeit an, als sei ich ein verlorener Stern in der Weite des

Alls. Ein Gefühl, das manchen Menschen heute beschleicht. Vielleicht nur für Momente. Leere, die mich auch für Gnade öffnen kann.
Der Dichter und Arzt *Gottfried Benn* (gestorben 1956) hat dieses Grundgefühl in einem bekannten Gedicht so beschrieben: Bahnhofstraßen, Boulevards, Lidos – ob in Zürich oder Havanna – überall kann uns Leere anfallen:

Ach, vergeblich das Fahren!
Spät erst erfahren Sie sich:
bleiben und stille bewahren
das sich umgrenzende Ich.

Das sich umgrenzende Ich bewahren. Es muss nicht jede Regung des Herzens offen gelegt werden. Kein Seelen-Striptease wie in manchen Talkshows.
Es gibt kostbare Gefühle, die es zu bergen und zu bewahren gilt. Ein Schatz des Herzens. Das Kostbare ist auch leicht verletzlich.
Mancher, der sich nach außen überlegen, cool, gefühllos gibt, fürchtet nur, verletzt zu werden, wenn er sein Herz zeigt. Wer will sich im Konkurrenzkampf eine Blöße geben!
Ironische, sarkastische und manchmal gar zynische Bemerkungen deuten an, dass da ein Mensch im Innersten verletzt worden ist. Verletzte verletzen leicht wieder.
Wir wissen, was Worte ausrichten, manchmal auch anrichten können. Im Guten wie im Argen.
Worte können verletzen und verbinden.
Worte können verwunden und heilen.
Worte können berauben und bereichern.

Worte können Gräben aufreißen und Brücken bauen.
Worte können Abstand schaffen und Nähe schenken.
Worte können beklemmen und befreien.
Worte können brennen wie Feuer und schwelende Glut löschen.
Worte können entzweien und wieder vereinen.
Im *Jakobusbrief* (3) lesen wir:

Schiffe, obschon sie groß sind und von starken Winden getrieben werden: Sie werden doch von einem kleinen Ruder gelenkt.
Die Zunge ist ein kleines Glied und richtet große Dinge an.
Siehe, ein kleines Feuer: Welch einen Wald zündet's an.
Aus einem Mund geht Loben und Fluchen.

Nicht immer gelingt es, die Zunge in Zaum zu halten. Im Zorn entschlüpft ein Wort, das wir – kaum gesprochen – am liebsten gleich wieder zurücknehmen und einfangen möchten wie einen entschlüpften Vogel. Im Volksmund heißt es: Leg nicht jedes Wort auf die Goldwaage – vor allem, wenn es im Zorn herausgeschleudert worden ist. Ist der Zorn verraucht, dann: Komm, lass uns noch einmal in Ruhe darüber reden!

In unserer Zeit stürzt eine Flut von Wörtern auf uns ein. Wörter, die uns umwerben und für Produkte gewinnen wollen. Schlagzeilen. Signale. Abkürzungen. Wortfetzen. Worthülsen. Wörter, die wie Schlinggewächse an der Oberfläche schwimmen.
Was wir brauchen, sind nicht viele Wörter, sondern das Wort, das versteht oder sich wenigstens um Ver-

stehen bemüht; das Wort, das Sinn ergibt und Gemeinschaft stiftet; das Wort, das vom Herzen kommt und so auch zum Herzen findet.
Das Wort hilft mir, die Tiefe des Daseins auszuloten.
Das Wort – ein Netz, das ich auswerfe, um einen Fang einzuholen.
Das Wort – ein Rettungsring, der mich über Wasser hält.
Das Wort – ein Stecken und Stab, der mir Halt gibt im dunklen Tal.
Hier rührt das menschliche Wort an das göttliche und das göttliche Wort nimmt Gestalt im menschlichen. Das schlichteste und einfachste Wort, Gott anzureden, lautet: Du! Du, mein Gott!
Worte helfen mir, das Geheimnis des Daseins und das Wunder des Lebens zu erschließen. Die Sprache selbst ist ein Wunder. So wie der Geologe mit einem kleinen Hammer Gesteinsschichten erschließt, hilft mir die Sprache, „Aufschlüsse" über den Sinn des Lebens zu gewinnen.
Ein Kind wird die ersten Worte von den Lippen seiner Mutter ablesen. Es wird erfühlen und erspüren, wie diese Worte gemeint sind. Herzensworte begleitet von Augentrost. Es wird diese Worte aufnehmen mit der Muttermilch. Es wird später die Lust kennen lernen, Dinge beim Namen zu nennen, ja ihnen eigene Worte zu geben.
Neugierig und gespannt warten Eltern auf die ersten Worte ihres Kindes. Ähnlich wie Gott in der Schöpfungsgeschichte *(Genesis 2)*, da er dem Menschen die Tiere des Feldes und die Vögel des Himmels bringt, gespannt, wie der Mensch sie nennen würde.
Die Sprache hilft mir, was ich sehe und erlebe, ins

Herz zu nehmen. Die Sprache gleicht einer Sonde, die mir die Welt, einer Wünschelrute, die mir das Herz eines Menschen erschließt. Ein liebes Wort ist wie ein Anker im Herzen des anderen.

Nun gibt es gewiss ein Verstehen ohne Worte. Ja es scheint, dass dieses Verstehen aus dem Augen-Blick geradezu die Brücke für die ihm folgenden Worte bildet.
Worte können aber auch die Quelle von Missverständnissen sein. Wichtiger als das Verstehen ist der Wunsch, den anderen verstehen zu wollen. Hinhören, was zwischen den Worten schwingt, wie sie getönt sind, was da wie auf einer angestrichenen Saite schwingt und wiederum in mir zum Schwingen kommt.
Rainer Maria Rilke hat diese Erfahrung unnachahmlich in seinem Liebes-Lied in Worte gefasst:

Doch alles, was uns anrührt, dich und mich,
nimmt uns zusammen wie ein Bogenstrich,
der aus zwei Saiten eine Stimme zieht.
Auf welches Instrument sind wir gespannt?
Und welcher Geiger hat uns in der Hand?
O süßes Lied.

Dieses Gedicht ist sichtlich in einem ekstatischen Moment aus innerem Hochgefühl geschrieben. Ein kostbarer Augenblick, der wie jener Bogenstrich auch wieder verklingt. Übrig bleibt eine ungestillte Sehnsucht.
Es entspricht der alltäglichen Lebenserfahrung, dass wir einander nicht jeden Wunsch von den Augen

ablesen und erfüllen können. Wir würden einander überfordern.

Die Pflege einer Partnerschaft erfordert jeden Tag aufs Neue Aufmerksamkeit, Achtsamkeit und gegenseitige Rücksichtnahme. Selbst wenn dies gelingt, bleibt eine heimlich sprudelnde Quelle der Sehnsucht, die auf Erden ungestillt bleibt und auf göttliche Stillung hofft.

Auch wenn uns unsere Liebe mitunter schwach und armselig vorkommt, es schimmert doch die Liebe Gottes hindurch. Mag sie noch so gebrechlich, ja zerbrechlich erscheinen, unvollkommen und unbeständig, so spiegelt sich in ihr dennoch ein Abglanz seiner Liebe. Im Bilde gesprochen: Das Sonnenlicht dringt auch noch durch ein verflecktes und vereistes Fenster. Die Liebe, die wir einander schenken, weitet unser Herz. Sie umfasst nicht nur das geliebte Du. Es stellt sich vielmehr eine geschwisterliche Verbundenheit mit allem Seienden ein: mit der Sonne, die sich über den Grat des Berges hebt; mit der auslaufenden Welle am Strand; mit dem Stein, den ich aufhebe und in meiner Hand wiege; mit dem Baum, der am heißen Sommertag schattenspendend seine Äste über mich breitet.

Da stimme ich gerne ein in den herzbewegenden Sonnengesang des *Franziskus von Assisi* (1225):

Gelobt seist du, mein Gott, mit allen deinen Geschöpfen,
vornehmlich durch Schwester Sonne,
die uns erhellt durch ihr Licht.
Schön ist sie in ihrem strahlenden Glanz,
ein Gleichnis deiner Herrlichkeit.

Franziskus nennt Mond und Sterne seine Geschwister, das Wasser seine Schwester und das Feuer seinen Bruder; die Erde nennt er seine Mutter, die uns mit Nahrung versorgt. Ja, er schließt in diese innige Verbindung mit allen Geschöpfen sogar noch den leiblichen Tod ein, den er ebenfalls Bruder heißt.

Es gibt jene kostbaren Augenblicke im Leben, in denen wir ähnlich wie Franziskus in der Tiefe unseres Herzens unmittelbar angerührt werden. Ich möchte diese Momente „mystisch" nennen. Manchmal ist es auch nur eine Frage, die uns unvermittelt trifft.

Als ich durch ein toskanisches Bergdorf wanderte, in dem fast nur noch alte Menschen lebten, kam mir ein Kind entgegen und fragte mich: *Dove vai?* Wohin gehst du? Und vermutlich wollte das Kind nur wissen, ob ich zur Piazza, zur Chiesa oder ins nächste Dorf ginge. Dennoch blieb die Frage im Herzen und begleitet mich noch heute: Wohin gehst du?

Auf einer Wanderung durch den Bregenzer Wald stand ich vor einer eingefassten Quelle, deren Strahl den Brunnentrog füllte. Auf einer Tafel las ich:

Fragst du, woher ich komme,
frage ich dich, wohin du gehst.[1]

Wie im Märchen hatte die Quelle begonnen, mit mir zu sprechen.

So kann es unerwartet geschehen, dass mich unterwegs eine Frage trifft, die eine Antwort erheischt.

---

1 Siehe auch die Frage des Engels an Hagar bei einer Quelle in der Wüste (1. Mose 16,8): Wo kommst du her, wo willst du hin?

Bin ich offen für die Fragen, die das Leben an mich stellt? Die Antwort, die ich gebe, ver-antworte ich. *„Des Lebens Ruf an uns wird niemals enden."* (Hermann Hesse)

Spirituell lässt sich manches einüben. Stellen Sie sich vor: Ich stehe auf einem Steg, der über einen Bachlauf führt. Ich blicke hinunter auf das fließende Wasser, das seinen Weg wie von selbst findet zwischen Stein und Felsbrocken.
Ich versuche mit allen Sinnen wahrzunehmen: das Rauschen des Wassers, den Duft des Waldes, das Prickeln des Windes auf der Haut, das Glitzern des Sonnenlichtes im Spiel der Wellen.
Ich kann dieses lebendige Bild in mich aufnehmen, indem ich es in mich einfließen lasse. Es geht in mich ein, hält mich selbst im Fluss.
Ich bin der Stein, der sich dem Fließenden entgegenstemmt. Ich harre aus und spüre, wie das Weiche meine harten Kanten glättet.
Ich bin das Wasser, das sich vom Widerstand des Steines nicht zurückhalten lässt. Was ich nicht bewegen kann, umfließe ich.
Ich bin in dem Glitzern und kurzen Aufblinken der Wellen, in diesem kostbaren Augenblick des Glücks, das mich erfüllt.
Wenn ich auf dem Rückweg noch einmal auf dem Steg stehen bleibe, scheint es noch derselbe Fluss, derselbe Stein, dasselbe Glitzern wie vorher zu sein. Und doch ist das Leben unterdessen weitergeflossen. Niemand steigt ein zweites Mal in denselben Fluss *(Heraklit)*.
Ich füge an den Schluss dieser Betrachtung noch eine

Meditation über die Quelle: eine Hilfe zur Imagination, um die angesprochenen Bilder in der Seele wach zu rufen.

Freilich, es geht ein Riss durch diese Welt. Selbst die Natur zeigt uns ein Gesicht, in dem die Idylle verblasst. Wenn ich genau hinschaue, finde ich darin den Kampf ums Leben wieder.

Die prächtig schillernde Libelle jagt den fliehenden Käfer. Das reizende Gaukelspiel des Falters erweist sich, da unberechenbar, als Überlebensstrategie. Das Indische Springkraut, das so elegant seine Samen verschleudert, lässt andere Pflanzen gar nicht erst hochkommen. Und ein umgestürzter Baum erinnert an das eigene Lebensende.

Alles Leben kann nur leben auf Kosten anderen Lebens, das auch leben will *(Albert Schweitzer)*.[2]

Und doch ist das Leben reich, farbig und bunt und voller Überraschungen. Und immer wieder auch beglückend. Gerade in der Begrenztheit des Lebens erkenne ich seinen Wert.

Eine Patientin, die eine schwere Operation überstanden hatte, sagte mir: „Ich fühle mich wie neugeboren. Das Leben wurde mir noch einmal geschenkt. Ich lebe bewusster, dankbarer für jeden guten Tag und für jede erfüllte Stunde." Zu dieser Erkenntnis kann ich auch ohne eine lebensgefährdende Situation kommen.

Beides gehört zum Leben: die Freude und der Schmerz. Eines vertieft das andere. Wäre das Glück und das Verstehen in einer Freundschaft nicht so tief

---

[2] Indem ich einem Insekt aus seiner Not helfe, tue ich nichts anderes als dass ich versuche, etwas von der immer neuen Schuld der Menschen an der Kreatur abzutragen. (Albert Schweitzer)

gewesen, wäre auch der Abschiedsschmerz nicht so groß.

In der Kirche, in der ich zuletzt Dienst tat, hing im Turm lange Jahre eine Glocke, die einen tiefer gehenden Sprung hatte. Sie sollte im Krieg eingeschmolzen werden und war, als man sie vom Turm holen wollte, abgestürzt. Der Sprung war mehrmals „geheilt", nämlich geschweißt worden, brach aber immer wieder auf. Als sie letztendlich doch abgenommen werden musste, war es an der Zeit, ihr zu danken, dass sie so lange Zeit mit einem Sprung im Herzen Gott gelobt hatte. Wie viele Menschen loben Gott mit einem Sprung im Herzen! Ach, es muss ja kein Lob, es darf auch eine Klage sein.

Eine Woche vor seinem Kreuzestod trat eine Frau in den Kreis der Jünger, um Jesus einen letzten Liebesdienst zu erweisen. Sie zerbrach ein tönernes Fläschchen, dem der Duft kostbaren Nardenöls entströmte. (Vergleiche die unterschiedliche Erzählung bei Matthäus 26, Markus 14, Johannes 12.)

In einer Bibliodramagruppe haben wir diese bewegende Szene nachgespielt. Einer von uns verlieh dem Salbfläschchen seine Stimme. Es ging uns nahe, als er sagte: Ich bin ein Salbgefäß. Unscheinbar. Aus zerbrechlichem Ton. Aber in mir ist etwas sehr Kostbares, das ich umschließe. Ich behüte und bewahre es. Es kann sein, dass ich einem Menschen in seiner Not helfen werde. Es kann sogar sein, dass etwas in mir zerbricht. Aber ein wohlriechender Duft wird mir entströmen und den anderen trösten.

Als Veronika, wie die Legende erzählt, ein Tuch über das Antlitz des leidenden Christus legte, prägte sich ihr und nicht nur dem Tuch dieses durch Blut und

Schweiß versehrte Gesicht Jesu tief in der Seele ein. Ohne Leiden gäbe es kein Erbarmen *(Paul Claudel)*.

Ich kehre von der außerordentlichen Situation in den gewöhnlichen Alltag zurück. Welche spirituellen Hilfen sind zu empfehlen? Was ich anführe, haben so oder ähnlich andere auch schon gesagt. Ich will es mir auch selbst ins Stammbuch schreiben:

Sei gut zu dir selbst, damit du anderen auch gut sein kannst. Wenn du dich nämlich selber nicht riechen kannst, stinkt dir auch der andere.

Was du deinem Körper Gutes tust, kommt immer auch deiner Seele und deinem Geist zugute. Was deinen Geist anregt, beflügelt auch deine Seele. Was deine Seele anrührt, wird auch deinen Leib berühren. Sei gut zu deinem Leib, damit deine Seele Lust hat, darin zu wohnen (nach *Teresa von Avila*).

Wir leben in einer dreifachen Haut. Die Haut unseres Leibes will gepflegt sein. Die Kleidung legt sich als zweite Haut um unseren Leib. Wir wollten uns wohl darin fühlen. Das Haus, in dem wir wohnen, will uns Geborgenheit geben. Richten wir uns so ein, dass wir von jeder Reise gerne dorthin zurückkehren.

Unser Tageslauf verlangt nach einem Rhythmus. Nach Zeiten der Anspannung sehnen sich Leib, Seele und Geist nach Entspannung. Nach der Feldarbeit pflegte der Bauer früher seinen Tieren das Joch abzunehmen und sie auszuspannen. Von diesem pfleglichen Dienst kommt unser gebräuchliches Wort „ausspannen".

Die Freizeit-Industrie setzt heute auf Anspannung weitere An-Spannung. Ob uns das gut tut, die Bilder eines Krimis oder einer Horrorgeschichte mit in den Schlaf zu nehmen?

Ich gönne mir im Laufe des Tages immer mal wieder stille Zeit. Zeit für mich, die nur mir gehört. Ein befreundeter Kinderarzt pflegte jeden Morgen wenige Minuten in den Park zu gehen und auf den See zu schauen, um sich auf den langen Tag in seiner Praxis innerlich vorzubereiten. Die Kinder spürten, wie gern er sie hatte.

Warum nicht auch das Kreuzzeichen schlagen, wenn ich morgens aus dem Bett schlüpfe. Luther empfiehlt, so den Tag zu beginnen. Das Kreuzzeichen berührt Stirn, Herz und Brust. Meinen Verstand, mein Gefühl, meinen Willen kann ich unter den Segen Gottes stellen.

Was Fußballspieler in aller Öffentlichkeit machen, wenn sie das Spielfeld betreten, den Boden berühren und sich bekreuzigen – warum sollte ich nicht auch um den Segen Gottes bitten auf dem Spielfeld meines Lebens. In Gottes Namen ein neuer Tag und ein Dank am Ende des Tages, dass ich und die Meinen bewahrt worden sind.

Und man vergesse nicht den Trost der Musik, die in Töne kleidet, was Worte nicht zu sagen vermögen.

Eine russische Legende erzählt von zwei Mönchen, die sich auf den Weg gemacht hatten. Denn sie hatten gelesen, am Ende der Welt gäbe es einen Ort, wo Himmel und Erde sich berührten. Sie durchwanderten die Welt, nahmen viele Entbehrungen auf sich und bestanden gemeinsam die Gefahren. Sie hatten gelesen, am Ende der Reise stünden sie an einer Tür und brauchten nur anzuklopfen und sie wären am Ziel. Schließlich fanden sie, was sie gesucht hatten.

Sie klopften an, die Tür wurde ihnen geöffnet: Da standen sie zu Hause in ihrer vertrauten Klosterzelle. Da begriffen sie: Der Ort, an dem Himmel und Erde sich berührten, ist eben jener Ort, den Gott uns zugewiesen hat.[3]

Manchmal muss man aufbrechen, um zu sich selbst zu kommen.

---

[3] Rost, Machalke, Auf der Durchreise, Geschichten zum Weitersagen GTB 1075 (Gütersloher Verlagshaus), Seite 4.

Ich bin eine Quelle

Ich bin eine Quelle.
Ich spüre,
wie es aus der Tiefe
mir zuströmt.
In der Tiefe ist mein Ursprung.
Aus dem Ursprung
entspringe ich.
Es sprudelt nur so aus mir heraus.
Ich kann es nicht zurückhalten.
Ich bin im Fluss.
Indem ich gebe, empfange ich.
Indem ich empfange, gebe ich.
Nur weil ich empfange,
kann ich auch geben.
Nur weil ich gebe,
kann ich auch empfangen.
Es fließt nach.
Ich bleibe im Fluss.
Ich fließe über Stock und Stein.
Ich nehme zu an Kraft.
Was sich mir in den Weg stellt,
umfließe ich,
wenn ich es nicht bewegen kann.
Ich gluckse und gluckere
vor Freude.
Ich schäume auf.
Vom Rinnsal
entwickle ich mich zum Bachlauf.
Der Himmel spiegelt sich in mir und die Wolken.
Die Sonnenstrahlen
lassen mich glitzern und glänzen.

In mir ist Leben,
vielfältiges Leben,
das sich regt und bewegt.
Ich laufe durch Wiesen und Auen.
Blumen säumen meinen Weg.
Zweige wiegen sich über mir.
Es besuchen mich
Vögel, Käfer und Schmetterlinge.
Ich bleibe nicht einsam.
Ich bin nicht allein.
Vieles fließt mir zu
wie von selbst,
macht mich reicher
und mein Herz weiter.
Ich bleibe im Fluss.
Ich werde selbst zum Fluss.
Ich spüre meinen Auftrieb.
Ich spüre die Kraft, zu tragen
ein Blatt, ein Stück Holz,
einen Vogel, ein Floß, einen Kahn.
Ich spüre,
wie ich dem Leben dienen kann,
wie ich helfen kann,
anderes Leben voranzubringen.
Je länger der Fluss meines Lebens ist,
desto langsamer wird der Fluss,
desto mehr weite ich mich,
bis ich einmal am Ziel
einmünde in das Meer der Ewigkeit.
Dann bin ich wieder am Anfang,
am Ursprung, am Ausgang meines Lebens.
Dann bin ich bei dir, o Gott,
der du die Quelle allen Lebens bist.

Ich bin ein Weinstock
Johannes 15

Ich bin ein Weinstock.
Ich habe mir meinen Ort nicht selbst ausgesucht.
Man hat mich gepflanzt. Gepflanzt in gute Erde.
Einige Steine können mir nicht schaden.
Ich bin gut verwurzelt.
Ich habe bekommen, was ich zum Leben brauche:
Regen zur rechten Zeit, Sonne zur rechten Zeit,
den befruchtenden Wind zur rechten Zeit.
Ich spüre, wie es mich treibt, austreibt:
Triebe, Ranken und Reben.
Ich wachse mich aus.
Ich spüre, dass in mir eine Bestimmung liegt:
dass ich Frucht bringen soll – in Geduld.

Manchmal kommt der große Gärtner
und greift in meine Zweige,
in all die Verzweigungen meines Lebens.
Er beschneidet überschießende Triebe.
Er entfernt die Reben, die keine Frucht bringen.
Solche Einschnitte tun mir weh.
Ich spüre manchen Schnitt in meinem Leben.
Es braucht Zeit, bis die Wunden heilen.
Manchmal fliegt mir zum Trost
ein Vogel ins Gezweig und singt sein Lied.

Ich wachse und gedeihe.
Ich spüre, wie es fruchtet,
wie die Trauben wachsen
und die Beeren schwellen.
In mir ist viel Lebenskraft und Lebenssaft,
Süßigkeit und herbe Würze.

Es fehlen noch einige südlichere Tage,[4]
noch etwas Wärme im Herbst des Lebens.
Ich weiß, dass der Tag der Lese bald kommen wird.
Der große Gärtner wird die Frucht meines Lebens ernten.
Leicht wird es mir ums Herz sein.
Ich habe die Bestimmung meines Lebens erfüllt.
Ob viel oder wenig:
Ich habe gebracht, was ich zu tun schuldig war.

Ein frischer Windhauch fährt durch meine Zweige
und ich öffne mich
dem Himmel entgegen.

---

4 Vgl. Rainer Maria Rilke, Herbsttag, Insel-Taschenbuch „Das Herbstbuch", S. 9.

Kapitel 1

Der Feigenbaum

Und er erzählte ihnen dieses Gleichnis: Ein Mann hatte in seinem Weinberg einen Feigenbaum; und als er kam und nachsah, ob er Früchte trug, fand er keine. Da sagte er zu seinem Weingärtner: Jetzt komme ich schon drei Jahre und sehe nach, ob dieser Feigenbaum Früchte trägt und finde nichts. Hau ihn um! Was soll er weiter dem Boden seine Kraft nehmen? Der Weingärtner erwiderte: Herr, lass ihn dieses Jahr noch stehen; ich will den Boden um ihn herum aufgraben und düngen. Vielleicht trägt er doch noch Früchte; wenn nicht, dann lass ihn umhauen.
Lukas 13,6-9

Warum suchst du Frucht bei mir?, fragte der Feigenbaum den Weinbergbesitzer.
Habe ich nicht Schatten gespendet?
Habe ich meine Blätter nicht dem Weinberg geschenkt?
Habe ich den Vögeln nicht Unterschlupf gewährt?
Habe Geduld und du wirst auch noch Feigen von mir ernten! –
Ein Jahr noch gebe ich dir Zeit!, sagte der Weinbergbesitzer und vergaß, sich in den Schatten seines Baumes zu setzen.

Kapitel 2

Innehalten Wahrnehmen Innewerden

Die Rose, die du ansiehst, gewinnt Ansehen für dich

Innehalten
Jeden Morgen
Unsere Träume
Wahrnehmen – eine Hilfe zum Meditieren
Wahrnehmen
Die Rose
Kleines Rosenwunder
Sterntaler
Stern im Bruchholz
Stern unter Sternen
Sternlese
Weihnachtsstern
Venus
Wasserrad
Eine Melodie

Innehalten

Manchmal halte ich inne. Auf einer Wanderung. Ich bleibe stehen, trinke, schaue mich um und schaue zurück auf den Weg, den ich bereits zurückgelegt habe.
Manchmal halte ich inne. Beim Lesen. Wenn ich ein Wort, ein Bild, einen Gedanken aufgelesen habe. Was mich berührt hat: Ich bewege es in meinem Herzen.
Manchmal halte ich inne. Wenn ich im Gespräch vorausgeeilt bin. Ein fragender Blick. Hast du verstanden? War ich zu schnell?
Manchmal, mitten im geschäftigen Treiben, wenn Termine drängen, wenn mehrere zugleich etwas von mir wollen, halte ich kurz inne, atme tief durch und hole mir Luft. Ich besinne mich auf mich selbst. Wenn ich bei mir selber bin, kann ich auch beim andern sein.
Innehalten tut gut. Wenn ich außer Atem bin, wenn ich mich übereilt, überfordert, übernommen habe. Wenn ich außer mir bin, dann wird es Zeit, auch wieder bei mir selbst einzukehren. In mich zu gehen.
Angelus Silesius rät: „Halt an, wo läufst du hin, der Himmel ist in dir: Suchst du Gott anderswo, du fehlst ihn für und für."
Und wenn ich ins Grübeln komme, in ängstliche Sorgen verfalle, mich in mich selbst verwickle, mich einspinne wie in einen Kokon? Auch dann gilt: Halt an! Wo läufst du hin? Geh aus dir heraus! Teil dich mit und sprich dich aus!

Jeden Morgen

Jeden Morgen werde ich neu geboren. Schlaf und Schlummer entlassen mich aus ihren Armen. Allmählich komme ich zu mir. Aus dem Schoß der Nacht finde ich in den Tag zurück.

Ich liebe diesen Dämmerzustand zwischen Schlafen und Erwachen. Während ich schlief, hat sich manches in mir geklärt. Unbewusst tauchen Lösungen auf, die ich am Abend vorher noch nicht kannte, Einsichten und Erkenntnisse. Manches Traumbild begleitet mich in den Tag und in diesem Bild eine Wahrheit über mein Leben. Es kann geschehen, dass mitten in den Aufgaben des Tages das Traumbild der vergangenen Nacht wieder auftaucht und mich kurz innehalten lässt.

Manchmal fällt es mir schwer einzuschlafen. Ein unverarbeiteter Rest des zurückliegenden Tages hält mich noch fest. Manchmal fällt es mir auch schwer, aufzuwachen und mich den Aufgaben des noch jungen Tages zu stellen. Beide Male geht es um ein Loslassen: den Tag zurücklassen und den Schlaf zulassen, die Nacht zurücklassen und sich auf den neuen Tag einlassen.

Ein kurzes Gebet an der Schwelle zwischen Tag und Nacht und zwischen Nacht und Tag kann mir bei dieser Passage helfen.

Am Abend:

O Gott, schenke mir die Ruhe der Nacht,
deine Augen mögen über mich wachen!

Am Morgen:

O Gott, schenke mir die Kraft für den Tag,
deine Augen mögen mich begleiten!

Ich stelle mir Gottes Auge freundlich und liebevoll vor. Ich weiß, dass das ein Bild ist. Es will sagen, dass ich im Schlafen wie im Wachen nicht alleine bin, sondern mit einer tragenden und bergenden Kraft in meinem Leben rechnen darf.
Jeden Morgen werde ich neu geboren.

Kapitel 2

Unsere Träume

In unseren Träumen verdichten sich unsere Erlebnisse, unsere Gefühle, auch unsere Wünsche und Sehnsüchte. Sie verdichten sich mitunter in dichterischer Bildsprache, manchmal mit einem Schuss Humor.

Träume haben eine eigene bildhafte Sprache, die den Bildern der Märchen und Mythen verwandt ist. Diese Sprache ist verschlüsselt und verlangt nach einer Übersetzung. Über die Gefühle, die solche Traumbilder in uns wecken, gewinnen wir Zugang zur Botschaft eines Traumes.

Träume tauchen vor allem in kritischen Momenten unseres Lebens auf. Ein himmlischer Fingerzeig kann darin enthalten sein. Im Traum erhielten die drei Weisen aus dem Morgenland den Wink, nicht zu Herodes zurückzukehren, sondern einen anderen Weg nach Hause zu wählen. So flieht auch Josef mit dem Kind und seiner Mutter, als ihn ein Engel im Traum auf die Gefährdung des Kindes aufmerksam gemacht hatte.[5]

Im Alten Testament sind es Josef, der Sohn Jakobs[6] und Daniel[7], die sich auf das Deuten von Träumen verstehen, eine besondere Gabe.

Träume sind mehr als Schäume. Was wir im Alltag als unbequeme Wahrheit aus unserem Bewusstsein verdrängt haben, meldet sich im Schlaf zu Wort.

Ein junger Mann träumte nach dem Rausch der ersten Liebe von einem herrlichen Feuerwerk, dessen sprühende Sonnen in sich zusammenfielen. Da be-

---

5 Matthäus 2.
6 1. Mose 37.40.41.
7 Daniel 2.7.

griff er, dass seine Beziehung in ein neues Stadium des Suchens und Wiederfindens eingetreten war.

Die meisten und intensivsten Träume, sagen Traumforscher, werden in der letzten Schlafphase geträumt. Glückliche Träume träumen wir am liebsten weiter. Angst- oder gar Albträume lassen uns hochschrecken und wir sind erleichtert, dass es ja „nur" ein Traum war. Es ist wichtig, sich auch mit solchen Träumen auseinanderzusetzen.

Wir könnten unseren Traum aufschreiben, ihn einem Freund oder einer Freundin erzählen. Oft findet der Partner oder die Partnerin den Schlüssel zu einem Traum, der uns selber noch irritiert. Auch ist es hilfreich, einen Traum dem Therapeuten mitzuteilen, der einen seelischen Reifeprozess begleitet.

Meist ist es ein unaufgearbeiteter Tagesrest, der uns bis in den Schlaf verfolgt und dort als Traumbild weiter wirkt und webt. Es können aber aus der Tiefe der Seele Traumbilder auftauchen, die nicht nur für einen einzelnen Menschen, sondern für eine Familie, ein Volk, ja für die ganze Menschheit von Bedeutung sind.

Ich denke an prophetische Visionen, die Tagträumen ähnlich sind. So schaut Jesaja in der Zukunft eine Welt, in der Schwerter zu Pflugscharen umgeschmiedet werden.[8] Von solchen Visionen und großen Träumen werden unsere Bemühungen um eine heile Welt gespeist.

Ich erinnere mich an eine Unterrichtsstunde vor 20 Jahren. Es ging um die Bewahrung der Schöpfung. Einer der Schüler erzählte einen Traum.

---
8 Jesaja 2,4.

Kapitel 2

Letzte Blume

Über Bewahrung
der Schöpfung
hatten wir
im Unterricht
gesprochen
und einer der Jungen
erzählte
seinen Traum
jüngst geträumt
eine Blume
auf dem Schulhof
die letzte
unter den letzten
als jemand
die Blüte brach
stürzten
alle Gebäude
ringsum
in sich zusammen

In diesem Traum klingt die Sorge um die gefährdete Schöpfung an, ausgelöst durch Treibhausgase, Ozonloch und Erderwärmung. Ein Warntraum, der uns alle angeht.
Aber dieser Traum enthält auch eine ganz persönliche Botschaft für diesen Jungen: Wenn im täglichen Unterricht die Seele zu kurz kommt oder gar verletzt wird, droht ein ganzes Wissensgebäude einzustürzen. Der Prediger Salomo (5,6) warnt freilich davor, sich zu viel mit sich selbst und seinen Träumen zu beschäftigen. „Wo viele Träume sind, da ist Eitelkeit."

Wahrnehmen
Eine Hilfe zum Meditieren

Worte sind wie eine Wünschelrute. Sie helfen uns, Leben zu erschließen. Im „Wahrnehmen" klingt ein weites Wortspektrum an: wahr, währen, gewahr werden, gewähren ... Aber auch nehmen, sich zu eigen machen, inne werden ...
Wir wollen in einem ersten Gang das Wort „wahrnehmen" meditieren und es in einem zweiten Gang fassbar werden lassen in der Gestalt einer Rose.
Dabei nähert sich die Meditation der Sprache der Mystik. Was wir zunächst gesondert und getrennt von uns erfahren haben, wird schließlich eins mit uns selbst.

Kapitel 2

Wahrnehmen

Ich nehme etwas wahr
so wie es ist
in seinem Dasein und Wahrsein
so wie es währt
nehme ich es für wahr
in seiner Eigenart und Eigenheit
in seinem eigenen Sein
seinem Eigensein
das immer auch ein Anderssein ist
begrenzt und abgegrenzt von anderem
indem ich es ansehe
gewinnt es Ansehen für mich
ich nehme es wahr
mit allen Sinnen
Bild und Ton
Duft und Geschmack
es rührt mich an
es berührt mich
ich nehme es auf
mache es mir zu eigen
werde seiner inne
indem ich es empfange
nehme ich es wahr
als meine Auf-gabe
wahrnehmend
bewahre ich es

Die Rose

Ich sehe die Rose.
Ich schaue sie an. Ich schaue sie.
Ich nehme sie wahr
in ihrer Eigenart, in ihrer Eigenheit.
Sie gewährt mir Einblick
in den Grund ihrer Blüte.
Indem ich sie ansehe,
gewinnt sie Ansehen für mich.
Sie erschließt sich mir
in ihrem Eigensein.
Ich habe sie ausgewählt
unter anderen Rosen.
Sie hat mich ausgewählt,
sich mir vertraut gemacht.
Ich berühre sie – sie berührt mich.
Sie ist in sich wahr.
Ich bewahre sie in mir:
ihr Bild, ihren Duft, ihren Ton.
Ich bin mir ihrer gewiss.
Ihr Sein rührt an meines.
Sie ist mir eigen.
Wir einen uns.

Wer diese Zeilen von der Rose aufmerksam, langsam und halblaut liest und sie so in sich aufnimmt, wird erkennen, dass es zum einen um die Rose geht, darüber hinaus aber um mehr. Es deutet sich verhüllt die Beziehung zu einem geliebten Menschen an. Und nicht genug: Es deutet sich die Beziehung zu Gott an.
In einer Rose und nicht nur in ihr ist Gott anwesend,

„west" Göttliches an. *Angelus Silesius*, der schlesische Mystiker (gestorben 1677) schreibt:

Die Rose, welche hier
dein äußres Auge sieht,
die hat von Ewigkeit
in Gott also geblüht.

Kleines Rosenwunder

Florenz. Abends auf der Piazza Signoria. Fröhliches Treiben. Kirchenglocken, Straßenmusikanten, plätschernder Neptunbrunnen. Viele junge Leute. Touristen von überall her. Südländisches Leben, so wie ich es mag.

Ich warte in einem Straßenlokal auf meine Pizza. Ein junger Mann, dunkelhäutig, vielleicht ein Inder, geht von Tisch zu Tisch, einen Strauß roter Rosen im Arm. Jedem streckt er eine Rose entgegen. Dem älteren Ehepaar. Nein! Der jungen Familie. Kopfschütteln. Ein Liebespaar lässt sich nicht stören. Ein junger Mann, ohnehin allein, kramt in seinem Rucksack. Eine Rose? Für wen?

Zuletzt eine junge Mutter. Sie hat zwei Kinder bei sich, kaum älter als vier Jahre. Das Mädchen blond, der Junge schwarzhaarig. Sie winkt dem Rosenkavalier, lacht ihn herbei, zahlt und schenkt jedem Kind eine Rose. Strahlende Kinderaugen. Selbst die Kellner, die vorher noch zwei Musikanten weggeschickt haben, freuen sich und lachen mit.

Die Pizza war übrigens dünn belegt und teuer bezahlt. Aber das kleine Rosenwunder war unbezahlbar.

Sterntaler

Manchmal ergeht es mir wie Sterntaler im Märchen. Ein Stern fällt mir geradewegs in den Schoß. Ein Gedankenblitz, ein Lichtblick, ein glücklicher Einfall.

So ging es mir auch mit dem Stern im Bruchholz, den meine Frau und ich in einem Holzstoß neben einem Allgäuer Bauernhof fanden.

Dass man mitten im Kleinholz unter abgeschlagenen Ästen, im Zerknickten und Zerschnittenen, im Brüchigen und Fragmentarischen einen Stern finden kann, hat mich lange beschäftigt.

Im Nachsinnen ging mir auf, dass auch sonst noch Sterne auf der Erde zu entdecken sind. Wie im Himmel so auf Erden. Schneesterne, die vom Himmel schweben: Keiner gleicht dem anderen. Und dann all die bunten Blütensterne auf Allgäuer Wiesen und anderswo. Auch die Augen eines lieben Menschen können wie Sterne leuchten. Sterne am Himmel und Sterne auf der Erde.

Ich habe drei Stern-Gedichte geschrieben und die Sterne immer wieder neu „geputzt", überschießende Zacken abgeschnitten oder abgeschliffen. Gedichte werden, wenn man sie bearbeitet, in der Regel kürzer.

Als ich mich um die „Sternlese" bemühte, flatterte mir der werbende Prospekt eines Autoherstellers auf den Schreibtisch. Auch da ein Stern – auf der Motorhaube. Da war nicht mehr viel zu polieren. Die Worte fielen mir in den Schoß. Poesie der Werbung!

Stern im Bruchholz

Windbruch Bruchholz
zersplittert von Wind und Wetter
Abbruch Umbruch Aufbruch
schrundige Rinde
gespalten verschnitten abgelagert
Vorrat für kalte Tage
zersplissen zerrissen zerfasert
im Kern verletzt –
mitten darin ein Stern
Hoffnung für kalte Tage

Kapitel 2

Stern unter Sternen

Leuchtfeuer blinkend
aus der Tiefe des Alls
Erinnerung an den ersten Schöpfungstag
Perlen einer schimmernden Kette
ausgestreut über die Milchstraße
himmlisches Augenzwinkern
aus tausendundeiner Nacht
Mondboot zu Füßen der Jungfrau
sternenumkränzt
und du Morgenstern Christus
sieben Sterne in deiner Rechten
wie im Himmel so auf Erden
lichttrunkene Blütensterne
der Himmelsrose zugewandt
Sterndolde und Goldstern
und herbstliche Aster
ja selbst noch im Bruchholz
bis ins Mark getroffen
im Quirl der Äste angeschnitten
ein Stern der Hoffnung
Krippenstern

Sternlese

Gerne im Winter
stehle ich mich spätabends
vor die Tür
den Orion zu grüßen
den Himmelsjäger
der den großen Bären verfolgt
drei Sterne im Gürtel
sein Jakobsstab
Sirius der Hundstern
ihm zur Seite –
Gerne im Sommer
suche ich Wiesensterne
Arnika Alant Aurikel
Doldenstern und Sterndolde
und finde noch
mitten im Bruchholz
angeschnitten
im Quirl der Äste
den Hoffnungsstern

Weihnachtsstern

Flattert mir doch
ein Prospekt ins Haus
vom Auto mit dem Stern
auf der Motorhaube
und das zum 1. Advent
stelle mir vor
wie die Scheichs
aus dem Morgenland
im offenen Cabriolet
nach Bethlehem fahren
mit flüssigem Gold
Weihrauch und Myrrhen
vor sich den Stern
auf der Motorhaube
Schönheit
die unter die Haut geht
immer einen Schritt voraus
Chancen
die Sie nutzen sollten

Venus

hell leuchtender Morgenstern
Trost nach schlafloser Nacht
funkelnder Gruß auch am Abend
führst wie eine Hirtin
die Herde der Sterne empor –
noch näher der Sonne
als unsere gute Mutter Erde
umrundest in nur 224 Tagen
unser Zentralgestirn
nur Merkur flügelbeschuhter Hermes
schafft es noch schneller[9]
in exzentrischer Ellipse
kein Wunder – ist er doch Leitstern
der Händler Banker Manager –
du aber verkörperst wie Aphrodite
Schönheit und Liebe
mächtig angezogen
vom glühenden Feuer der Sonne
bleibst du dennoch treu deiner Bahn
hast deinen Weg gefunden
zwischen Schwer- und Fliehkraft
umrundest deine Mitte
ohne in sie zu stürzen
leuchtest nach Sonne und Mond
als hellstes Gestirn am Himmel
strahlt wieder das Licht
das du empfängst –
genau wie die Liebe

---

9 In 88 Tagen

Wasserrad

In der Fußgängerzone
ein Brunnen
ein Wasserrad
kaum größer als ein Kind
sich drehend
um die eigene Achse
sanft rauschend
verlockend
immer wieder geschieht es
dass eine Kinderhand
dem Rad in die Speichen greift
es anhält
mit junger Kraft
ja sogar zurückdreht
gegen seinen Lauf
aber nie lange
schon ein Kind lernt
dass es das Rad der Zeit
nicht aufhalten kann

Eine Melodie

Eine Melodie hab ich verloren
und ich suche sie in meinem Sinn.
Suche lange, bis sie neugeboren
bei mir einkehrt, wo ich eben bin.

Und so such ich oft im Leben,
weiß nicht was und weiß nicht wo.
Und auf einmal ohne Streben
ist es da und macht mich froh.

Kapitel 3

Sehen Schauen Gewahrwerden

Es schaut dich an – lass dich anschauen

Sehen und Schauen
Wer sieht mehr?
Die Sehbehinderte
Sehübung
Sehen (Wortverwandtschaft)
Kurzer Besuch
Sinnlich – besinnlich
Pfirsich
Frucht kosten

Sehen und Schauen

Mir scheint, es gebe einen Unterschied zwischen „Sehen" und „Schauen". Im Sehen erfasst mein Auge einen Gegenstand oder eine Person in genauen Umrissen. Indem ich sehe, gewinnt etwas Gestalt und anderes tritt in den Hintergrund. Um etwas genau zu sehen, brauche ich Abstand.
Anders im Schauen: Da „sehe" ich tiefer, umfassender. Da lasse ich mich los und lasse mich ein auf das Geschaute, habe teil an ihm und fühle mich ihm verbunden.
Es ist ja nicht so, dass das Sehen oder gar das Schauen nur von uns ausginge. Manchmal trifft uns ein Blick im Innersten. Ein Mensch, ein Tier, eine Blume, eine Landschaft, ein Bild schaut uns an. „Es" schaut uns an.
Rainer Maria Rilke stellte angesichts eines archaischen Torsos, dessen Form vollendet war, betroffen fest: „Da ist keine Stelle, die dich nicht sieht. Du musst dein Leben ändern ..."

Wer sieht mehr?

Es war im Urlaub auf Bornholm. Ich saß in einer dieser wunderbaren Rundkirchen, die so viel Geborgenheit ausstrahlen. Ich hatte mich vor der mittleren Säule niedergelassen und versuchte mit Stift und Farbe ein Christusbild zu erfassen, das mich von oben her anschaute.

Da drängte eine Gruppe von Touristen herein. Man spürte, sie waren in Eile; der Bus wartete draußen. Sie kamen herein mit schussbereitem Fotoapparat. Einer hielt schon im Eingang die Videokamera vors Auge. Die Apparate blitzten und klickten. Vor das menschliche Auge war das Okular der Kamera getreten.

Da entdeckte ich abseits einen jungen Mann, der einen anderen behutsam führte. Leise sprach er auf ihn ein, beschrieb ihm Raum, Bilder, Altar und Kanzel. Und schließlich führte er die Hand des Sehbehinderten sachte über die Holzreliefs des Kanzelaufgangs. Der Blinde ertastete mit seinen Fingern die Gestalten, die der andere ihm benannte. Er ertastete Jesus und den Esel, auf dem dieser saß. Er berührte die Jünger, die Jesus folgten, und auch die Palmzweige, mit denen sie winkten. Mit seinem inneren Auge schaute er, was ihm sein geduldiger Begleiter und seine eigenen Fingerspitzen erzählten.

Die eiligen Touristen waren bereits zum Bus zurückgerufen worden. Ich fragte mich, wer denn wohl mehr gesehen hatte, jene Gruppe unterwegs in „sightseeing" oder jener Blinde, der mit seinem inneren Auge mehr geschaut hatte als jene Eilfertigen, von denen es heißt: „Sehenden Auges sehen sie nicht." (Matthäus 13,13)

Die Sehbehinderte[10]

Nur noch einen Schimmer
vermöge sie zu sehen
sagte die Kranke
nur noch in Umrissen
könne sie mich erkennen
die Ursache eine Geschwulst
die auf den Sehnerv drücke
wie sie damit fertig werde?
Gerade jetzt
bei beginnendem Dunkelwerden
spüre sie Gott ganz nahe
natürlich bete sie
dass ihr das Augenlicht
wieder zurückgegeben werde
aber auch wenn es finster
um sie bleibe
bleibe ihr doch Christus
und sie sei gewiss
einmal dürfe sie ihn schauen
in Licht und Herrlichkeit ...
Welches Bibelwort
ich ihr mitgebracht habe?
Und wir beten
Ob ich schon wanderte
im finstern Tal
fürchte ich doch kein Unglück
denn du bist bei mir[11]

---

10 Markus 8,22-26.
11 Psalm 23.

Kapitel 3

Sehübung

„Zum Sehen geboren, zum Schauen bestellt" fühlt sich Goethe im *Türmerlied (Faust II)*. Und er schließt mit der dankbaren Einsicht:

Ihr glücklichen Augen,
was je ihr gesehn,
es sei wie es wolle,
es war doch so schön.

Eines der schönsten Geschenke des Schöpfers ist, dass wir seine Schöpfung schauen und in uns aufnehmen dürfen. Sie spiegelt sich in unserer Seele wider. Und noch einmal mit Goethes Worten aus den „Zahmen Xenien":

Wär' nicht das Auge sonnenhaft,
die Sonne könnt es nie erblicken.

Die Entwicklung des Auges in der Natur vom lichtempfindlichen Fleck bis zum hochdifferenzierten Sehorgan ist eines der großen Wunder der Evolution.
Dass wir sehen können, nehmen wir als ganz selbstverständlich hin. Erst wenn unsere Sehkraft ermattet, begreifen wir, wie viel sie uns wert ist.
In einer Gruppenübung versuchten wir, auf die *„Sehprothesen"*, nämlich die Brille, zu verzichten und uns im Raum zwischen den Teilnehmern vorzutasten.
Es dauerte einige Zeit, bis wir uns halbwegs an diese Einschränkung gewöhnt hatten. Wir lernten Sehbehinderte besser zu verstehen.

Wie sehr das Sehen unser Leben bestimmt, wird an der sprachlichen Vielgestalt deutlich. Schreiben Sie doch einmal auf, welche sinnverwandten Wörter Ihnen zu „Sehen" einfallen. Eine Liste finden Sie zum Vergleich am Ende dieser Ausführungen.
Sehen lässt sich üben. Ich möchte einige Anregungen geben: Ich sitze im Park auf einer Bank und fasse einen Baum ins Auge. Mein Auge wandert von der Wurzel den Stamm hinauf bis dorthin, wo sich die Äste ausbreiten, verzweigen und eine Krone bilden. Ich versuche die einmalige Gestalt dieses Baumes in mich aufzunehmen. Mein Auge gleitet von der Krone bis zur Wurzel zurück. Gleicht nicht mein Leben auch einem Baum?
Diese Übung lässt sich vertiefen. Ich versuche den Baum zu zeichnen: das Wesentliche, das Wesen seiner Gestalt, nicht jedes Zweiglein. Über und durch das Zeichnen mache ich mir seine Gestalt zu eigen.
Von *Caspar David Friedrich,* dem Maler der Romantik, wird berichtet, dass er der Darstellung eines Baumes mit dem Zeichenstift einen ganzen Nachmittag widmen konnte. Uns könnte schon eine halbe Stunde genügen. Verlangen Sie kein Kunstwerk von sich! Es genügt, einem lebendigen Wesen in Gottes Schöpfung ein wenig näher gekommen zu sein.
Ich habe mir angewöhnt, auf einem Regal in Brusthöhe einen Bildband bedeutender Maler aufzulegen. Jeden Tag schlage ich nur *ein* Bild auf. Es begleitet mich durch den Tag. Immer wieder fällt mein Blick darauf. Nicht auf viele Bilder, sondern auf ein Bild als guten Begleiter kommt es mir an.
Die Volkshochschulen bieten Malkurse an. Es macht Spaß, miteinander zu malen und die entstehenden

Werke zu vergleichen. Die Kurse beginnen gewöhnlich mit Farbübungen. Es ist ein kreatives Erlebnis, Farben ineinander fließen zu lassen. Wer mit Farben spielt, wird auch sonst die Welt farbiger wahrnehmen. Farben spiegeln unsere Gefühle wider. Da sich Gefühle wandeln, wird sich auch das Farbenspiel ändern. Welches ist eigentlich meine Lieblingsfarbe?

Und noch eine Anregung: Besuchen wir zu zweit ein Museum und begrenzen unser Betrachten auf nur einen Saal. Jeder suche ein Bild, das ihn oder sie besonders anspricht. Was gefällt mir? Welche Farbe? Welches Gefühl weckt das Bild in mir? Welche Erinnerung? Wir stellen einander unser Bild vor und der/die andere kann uns jeweils seine/ihre Meinung dazu sagen.

Miteinander ein Bild anschauen lässt uns nicht nur dieses Bild besser erkennen, es bringt uns auch einander näher.

Sehen
Wortverwandtschaft
(alphabetisch)

äugen	mustern
anschauen	peilen
anstarren	schauen
ausmachen	schielen
beäugen	sichten
beobachten	spähen
betrachten	stieren
blicken	unterscheiden
erblicken	wahrnehmen
erkennen	zwinkern
fixieren	
gaffen	
glotzen	aus den Augen verlieren
glupschen	im Auge behalten
gucken	ins Auge fassen
kucken	den Blick heften
linsen	einen Blick werfen
lugen	gewahr werden

Kurzer Besuch

Flattert ein Falter vorbei
setzt sich nieder
auf meinen Farbkasten
mustert die bunte Palette
meidet Kadmiumgelb
lässt Purpur und Zinnober
unbeachtet
Ultramarin und feiner Ocker
locken ihn nicht
nur Sienabraun
die Farbe seiner Flügel
hat es ihm angetan
nippt wippt im Winde
und flattert davon

Sinnlich – besinnlich

Möglichst viele Sinne sollten beteiligt sein, wenn ich eine Frucht genieße. Ich spüre ihre Form und ihr Gewicht, wie sie in meiner Hand liegt. Ihre Rundung lädt mich ein, sie mit den Händen zu umschließen, sie spielerisch hochzuwerfen und wieder einzufangen. Ich taste ihre Oberfläche ab, ob die Schale rau oder glatt ist. Ich schneide die Frucht auf, rieche ihren Duft und koste ihr Fruchtfleisch. Schmatzend genieße ich ihren Saft.
Dieses Zusammenspiel der Sinne will ich bewusst erleben. Das sinnliche Erleben führt mich schließlich zur Besinnung, dass jeder Frucht ein Kern (oder mehrere) eigen ist, der in sich Samen und Keimzelle neuen Lebens birgt. Besinnliches erwächst aus sinnlicher Erfahrung.
Dem Gewahrwerden erschließt sich Wahres.

Pfirsich

Im milden Sonnenlicht gereift
voll frischem Saft
so liegt die reife Frucht in meiner Hand
so purpurrot und wie bereift
die Haut wie Samt
von einem Sonnenstrahl gestreift –
welch eine Kraft
ist durch den Kern geschweift
dass sich der Spross hat aufgerafft
der Baum sich so verzweigt
und Blüt' und Frucht geschafft –
und dies nicht einmal nur
wer legte dies Gesetz in die Natur?
So stoß ich endlich auf den Kern der Frucht
und finde den
der doch auch mich gesucht

Frucht kosten

Nehmen Sie eine Frucht in die Hand, eine runde Frucht, einen Apfel, eine Orange oder einen Pfirsich. Spüren Sie, wie die Frucht in der Hand liegt, ihr Gewicht: Wägen Sie sie ab in Ihrer Hand. Ihre Hand umgreift die Frucht, sie schmiegt sich in Ihre Hand. Betrachten Sie ihre Rundung, ihr Abgerundetsein. Spüren Sie ihre Schale, ihre Haut: Ist sie hart oder glatt oder weich wie Samt? Ist da eine Furche, eine Narbe oder Delle? Sie braucht nicht vollkommen zu sein. Betrachten Sie die Färbung: das Farbenspiel von grün zu gelb, von gelb zu rot, von rot zu violett. Keine Frucht gleicht der andern: Jede ist ein Kind der Sonne und der mütterlichen Erde.

Wozu haben Sie Lust? Die Frucht hochzuwerfen und wieder aufzufangen, in die Frucht, saftig wie sie ist, hineinzubeißen; oder sie zu schälen, sie zu teilen?

Sie zeigt Ihnen ihren Kern, vielleicht viele Kerne oder ein Haus des Kerns, ein Kernhaus. Eigentlich ist der Kern die Frucht. Das Fruchtfleisch, alles Süße, ist nur Zugabe.

Kapitel 4
Reden Hören Schreiben
Ich falle ins Wort

Goldene Worte
Wortwechsel
Dein Wort
Bewahrt
Worte
Aufschlüsse
Unterwegs
Einfall
Merkwürdig
Ich lese
Ich schreibe
Zuhören sollst
Tagebuch schreiben

Goldene Worte

Worte sind mehr als nur Wörter. Sie können sie zwischen den Zeilen lesen. Und im Gespräch kommt es auf den Ton an. Ob die Stimme sich hebt oder senkt. Auf den so genannten Unterton.
Von Worten kann man leben. Ein gutes Wort schmeckt wie Brot. Manchmal hat man daran zu kauen. Es gibt freilich auch Worte, die bleiben im Hals stecken oder liegen unverdaut im Magen.
Schon König Salomo wusste vor dreitausend Jahren: *Ein hartes Wort erregt Grimm; eine linde Antwort stillt den Zorn* (Sprüche 15,1). *Ein Wort, geredet zu rechter Zeit, ist wie goldene Äpfel auf silberner Schale* (Sprüche 25,11). Goldene Worte erwachsen aus dem Schweigen.
Manchem sprudeln die Worte nur so heraus – wie aus einer Quelle. Ein anderer wägt seine Worte. Je weniger einer spricht, desto gewichtiger sind (oder erscheinen) seine Worte.
Es gibt Berufe, in denen das Wort das Handwerkszeug ist. Lehrer, Therapeuten, Pfarrer versuchen mittels des Wortes Wissen, Heilung und Trost zu geben. Von Politikern erwarten wir ein wahres Wort ohne Haken und Ösen. Dem Werbetexter sehen wir es nach, wenn er die Wörter aufputzt und übertreibt.
Den Taten geht das Wort voraus. Worte müssen sich an den Taten messen lassen. Den Worten geht das Denken voraus. Was noch nicht zu Ende gedacht ist, darf auch mal ins Unreine gesprochen werden. Im Dialog lassen sich Probleme lösen.
Reden verlangt – oder besser: erwartet Zuhören. Je aufmerksamer ich zuhöre, desto leichter findet der

andere zu seinem Wort. Worte sind nicht immer wortwörtlich zu verstehen. Versuchen Sie zu verstehen, was Ihnen der oder die andere über und durch die Worte sagen will.

Dass uns überhaupt Worte zu Gebote stehen und Gebotenes sich in Worte fassen lässt, ist ein Wunder der Sprache. In der Bibel finde ich viele Worte und in, mit und darunter Gottes Wort.

Wortwechsel

Lieber Worte gewechselt
als lähmendes Schweigen
Fürwort und Widerwort
beim Wort genommen
ein Wort gibt das andere
Worte gewechselt verwechselt
im Munde verdreht
Worte verloren
und wieder gefunden
aufbewahrt
im Kühlfach des Gedächtnisses
aufgetaut und aufgetischt
ein Wort gibt das andere
ein Wort nimmt das andere
Wortspiele ver-spielte Worte
der Ein-Satz verspielt
Du weißt
auf den Ton kommt es an
neugestimmt
auf den Saiten des Herzens
wechselt das Wort

Dein Wort

Dein Wort
ein Fallschirm
der mich trägt
noch weiß ich nicht
wo wir landen

Dein Wort
ein Seil im Fels
unter uns
der Abgrund

Dein Wort
eine Brücke
über dem Fluss
der Zeit

nichts ist beständig
aber
dein Wort

Bewahrt

Auf dem Nachttisch
ein abgegriffenes Büchlein
vergilbt und zerlesen
sein altes Feldgesangbuch
aus Kriegsgefangenschaft
gerettet auf bloßer Haut
am Herzen bewahrt
als der russische Posten
ihn filzte
genügte ein Wort *Gospodin*
und der Fingerzeig nach oben
Trost in der Fremde
standhaft weigerte er sich
Seiten herauszutrennen
für seine Mitgefangenen
nicht im Rauch
selbstgedrehter Zigaretten
sollten die Lieder aufgehen
sein Schatz ihn bewahrend
in Hunger Durst und Kälte
Worte längst eingegangen
in Fleisch und Blut
als er operiert wurde
kürzlich
gab ihm seine Frau
ein abgegriffenes Büchlein mit
vergilbt und zerlesen
es lag auf seinem Nachttisch

Kapitel 4

Worte

Ich klopfe
Worte
wie Steine
und setze sie
Fuge an Fuge
damit du
darüber gehen
kannst

Aufschlüsse

Ich habe einem Geologen bei der Arbeit zugesehen.
Mit einem kleinen Spitzhammer
schlug er gezielt das Gestein auf.
Aufschlüsse sollte es ihm geben
über Schichtung und Ablagerungen.
Einschlüsse kamen ans Tageslicht:
Kristalle, die vorher verborgen waren.
Verborgene Schätze, ans Licht gebracht.
Könnte ich nicht meinen Arbeitstag auch so abklopfen,
welche Aufschlüsse er mir gibt?
Was da alles ans Licht kommt,
wenn ich behutsam prüfe,
was drinnen steckt:
Einschlüsse offenbar ...

Unterwegs

Unterwegs
in dunkler Nacht
trifft mein Auge
das Blinken eines Sterns.
Wie viele Lichtjahre
war er unterwegs zu mir?

Am Strand des Meeres
rollt eine Welle aus
über meinen Fuß.
Wie viele Seemeilen
war sie unterwegs zu mir?

In die Einsamkeit
meines Fragens
spricht zu mir ein Wort.
Wie viele Generationen
war es unterwegs zu mir.

Einfall

Manchmal
suche ich ein Wort
wie eine Stecknadel
im Heuhaufen.
Es liegt mir auf der Zunge
und versteckt sich.
Verwandte Wörter
stellen sich ein,
meinen es gut,
bieten sich an –
aber das rechte,
das passende Wort
verhüllt sich,
obschon ich weiß:
Es wohnt gleich nebenan,
es fällt ein
mit der Tür
ins Haus meiner Worte –
auf einmal ist es da:
Wiederhörensfreude.

Merkwürdig

Geldbeutel
Scheckkarte
Ausweis
alles noch da
nur
das Gedicht
frisch
geschrieben
hat jemand
mitgenommen

Ich lese[12]

Ich lese
und mit einem Blick
erfasse ich
15 Buchstaben rechts
vom Blickpunkt
und vier links
sagt der Gehirnforscher
Millionen Nerven
erregen sich
vier Hirnlappen
haben zu tun
Sekundenbruchteile
Mandelkerne
im Wechselspiel
mit Hippocampus
färben die Wörter
Krieg und Tod
Habseligkeiten und Liebe
emotional
mit Erinnerung
und doch lese
ich

---

12 Arthur Jacobs, Was passiert beim Lesen im Gehirn?, Süddeutsche Zeitung vom 18. 8. 2006.

Ich schreibe

Schreiben
nur um die Zeit
zu vertreiben?

Schreiben
um Gedanken
einzuverleiben?

Schreiben
um sich am Widerspruch
zu reiben?

Schreiben
um sich selbst
auf der Spur zu bleiben?

Schreiben
um nur über das Schreiben
zu schreiben?

Das alles
doch vor allem
um mit dir
verbunden zu bleiben.

Zuhören sollst

Nach einer Bergwanderung Einkehr in einem Berggasthof. Wenige Gäste. Am Nachbartisch eine füllige Bäuerin, redet und redet. Klagt über Haus und Hof und Familie, fühlt sich zurückgesetzt, nicht mehr gebraucht, abgeschoben.
Der Wirt hört zu, bedient zwischendurch einige ankommende Wanderer, setzt sich und hört weiter zu. Neue Klagen, das alte Lied. Endlich macht der Wirt den Mund auf, ratlos:
Ja, was soll'n ma' dazu song!
Nix sollst song! Zuhören sollst!
Und sie fängt wieder von vorne an, wiederholt sich, redet weiter. Was raus muss, muss raus. Der Wirt bedient die nächsten Gäste und setzt sich wieder zu ihr. Ratlos, aber geduldig. Zuhören sollst!
Manchmal braucht es eben nicht mehr als einen, der zuhört. Nicht mit halbem Ohr, sondern mit beiden Ohren. Geduldig und Anteil nehmend. Ohne vorschnelles Urteil. Ohne Rat-Schlag: ohne den Überschlag eines Rates, ja ratlos und doch bei der Sache, damit sich's der andere von der Seele reden kann.
Wie lange kann ich eigentlich zuhören, ohne zu unterbrechen?

Kapitel 4

Tagebuch schreiben

Vielleicht schon mal versucht, damals, zum ersten Mal verliebt, die eigenen Gefühle, Gedanken, Konflikte in Worte zu fassen. Ich sollte das Tagebuch, falls ich es noch habe, wieder aus der Schublade ganz unten hervorholen. Nachlesen und nachempfinden, wie ich damals gefühlt und gedacht habe.

Seit 20 Jahren schreibe ich Tagebuch: jeden Tag eine Notizbuchseite, mehr nicht, oft nur Stichworte, Gedankensplitter, Bruchstücke eines Gesprächs, Alltägliches, Häusliches, Komisches. Die Mischung macht's. Manchmal eine kleine Geschichte, Zeilen eines Gedichts.

Bloß nicht auf reines leeres Papier schreiben! Da kommt nichts. Besser ein Notizbuch oder ein Kalender mit Tagesmarkierung. Ich nehme meinen Pfarrerkalender. Da steht über jedem Tag eine Losung: passt manchmal, aber nicht immer.

Nach einem Jahr lese ich daraus vor, auch was vor fünf und vor zehn Jahren gewesen ist. Eine Gedächtnishilfe. Manchmal erinnern wir uns zu zweit: Ach, so war das damals! Manchmal habe ich das Gefühl: Das hat ein anderer erlebt.

Oft denke ich am Anfang eines Tages: Wie soll sich dieses Blatt bloß füllen? Schließlich lebe ich im Ruhestand. Aber irgendwie füllt sich's immer.

Ich gebe ein Beispiel vom heutigen Tag:

31. Oktober
Ein geschenkter Sonnentag, da morgen Regen angesagt.
Der Installateur montiert Sonnenkollektoren auf's Dach.
Arbeitet zehn Stunden am Stück. Nur mittags eine Le-

berkässemmel. Keine Hast. Die Ruhe, mit der er die Rohre zieht. Sieht am Ende, was er geschafft hat.
Der wärmste Oktober seit Jahren. Fr. mit ihrer Schwester auf dem Münchner Jakobsweg: heute von Schäftlarn zum Starnberger See.
Abends läuten hintereinander vier Kindergruppen an der Haustür. Halloween. Und das in unserem traditionsreichen Dorf. Eine junge Mutter schiebt ihren Sohn vor. Sie selber schwarz gekleidet, weiß bemaltes Gesicht, schwarze Lippen – wieso sind schwarze Lippen sexy? Endlich habe sie ihren Buben soweit, dass er eine Maske überzieht. Beim Fasching noch nicht, aber heute. Der reißt sich den Totenkopf vom Gesicht und sagt offen: Süßes oder Saures? Würde ich nicht fertig bringen, Sohn oder Tochter als lebendigen Tod von Tür zu Tür zu schicken. Huh, sage ich, ist ja unheimlich! und stecke Hanuta-Waffeln in seinen Beutel. Habe mitgespielt. Hätte ich nicht?
Im Fernsehprogramm bieten vier Sender Halloween und vier andere den Luther-Film. Traditionsumbruch?

Die Geschichte mit dem Jungen ist mir nachgegangen. Ich habe versucht, das Erlebnis vor der Haustür noch einmal zusammenzufassen. So entstehen bei mir Gedichte:

Kapitel 4

Halloween

Der Junge gefällt mir
reißt sich die Maske
vom Gesicht
möchte nicht Tod spielen
süß oder sauer
die Mutter klagt
er will keine Maske
im Fasching noch nicht
aber jetzt endlich
sie lacht
aus weißem Gesicht
mit schwarzroten Lippen
verführerisch

Kapitel 5

Sorge und Sorgen

**Gestern vorbei, morgen noch nicht da
und heute hilft dir Gott**

Über die Sorge und vom Sorgen
In der S-Bahn
Nussgebet
Klagemauer
Gebetswand

Über die Sorge und vom Sorgen

I.

Sorgen kann man sich viele machen. Das Sorgen scheint unser Leben zu bestimmen. Unsere Sprache verrät es: Täglich besorgen wir, was wir zum Leben brauchen. Wir versorgen uns mit dem Nötigsten und wir entsorgen, was wir nicht mehr brauchen. Wir sorgen vor – getreu dem Sprichwort: Sorge in der Zeit, dann hast du in der Not. Wer gut vorgesorgt hat, meint ausgesorgt zu haben.

Wir sorgen in liebender Fürsorge für die, die uns anvertraut sind. Die Kranken und Schwachen umsorgen wir. Wir lassen es nicht an der nötigen Sorgfalt fehlen.

Manchmal springen wir füreinander ein und sagen: Lass das mal meine Sorge sein! Oder ermutigend: Keine Sorge, das schaffen wir schon.

Freilich, Sorgen können auch überhand nehmen. Man kann sich um alles und jedes Sorgen machen. Und sei es nur, ob die Haustüre abgesperrt ist und ob vielleicht das Licht noch brennt. Es sind die kleinen Sorgen des Alltags, mit denen wir uns das Leben schwerer als nötig machen.

Vielleicht sagt uns jemand, der mit besonderen Schwierigkeiten im Leben zu kämpfen hat: Deine Sorgen möchte ich haben. Denn es gibt sie: die großen, die echten, die ernsten Sorgen. Die Sorge um den Arbeitsplatz, um die Gesundheit, um das tägliche Brot. Um einen lieben Menschen, dem es nicht gut geht.

Sorgen können drücken und belasten, quälen und keine Ruhe geben. Sie lassen sich nicht einfach abschütteln. Erst recht nicht im Alkohol ertränken. Unmäßigkeit schafft neue Sorgen. *Johann Wolfgang von Goethe* sagt von „Frau Sorge":

Sie deckt sich stets mit neuen Masken zu.
Sie mag als Haus und Hof,
als Weib und Kind erscheinen;
als Feuer, Wasser, Dolch und Gift.
Du bebst vor allem, was nicht trifft,
und was du nie verlierst,
das musst du stets beweinen.
(Faust I)

Wie oft machen wir uns grundlos Sorgen. Die Sorge kann sich als Grauschleier über unser Leben breiten. Sie schleicht sich durchs Schlüsselloch herein (Goethe). Sie breitet sich gerade dort aus, wo jemand wohlhabend ist und fürchtet, das, was er besitzt, wieder zu verlieren.

Ist es nicht verwunderlich, dass Menschen in den Entwicklungsländern, die von der Hand in den Mund leben, oft viel lockerer, gelassener, ja heiterer durchs Leben gehen? Sie haben nicht so viel zu verlieren. Der indische Dichter und Philosoph *Rabindranath Tagore* sagt es in einem Bildwort:

Fasst die Flügel des Vogels in Gold
und er wird sich nicht mehr in die Luft schwingen.

Die Sorgen eines Menschen sollte man dennoch nicht klein reden, sondern ernst nehmen. Auch die eigenen.

Um uns selbst machen wir uns vielleicht gar nicht so

viel Sorgen. Was uns mehr drückt, sind die Sorgen um die Menschen, die uns am Herzen liegen. Nicht umsonst heißt es zum Beispiel:

Kleine Kinder kleine Sorgen,
große Kinder große Sorgen.

Meist mögen es unsere Kinder und Enkel gar nicht, dass wir uns so viel sorgen oder gar ängstigen. Es hemmt sie in ihrem Bewegungsdrang, in ihrer Entdeckerfreude und in ihrer Entwicklung zur Selbständigkeit. Ängstliche Eltern erziehen ihre Kinder unbewusst und ungewollt zur Ängstlichkeit.

II.
Was aber kann man gegen den fatalen Sorgengeist unternehmen? In einem weisen Wort aus dem alten China, das aber auch Martin Luther zugeschrieben wird, heißt es:

Dass die schwarzen Vögel der Sorge und des Kummers
über dein Haupt fliegen,
kannst du nicht verhindern.
Doch du kannst verhindern,
dass sie ein Nest in deinem Haar bauen.

Ein buddhistischer Mönch rät: Wenn du aus irgendeinem Grund Angst hast, dann tu drei Dinge: *Stop!, look at it!, let it go!*
Also zunächst: Stopp! Damit unterbrichst du den Kreisverkehr der Gedanken, der sich immer um ein und dasselbe Problem wie ein Karussell dreht.
Dann schau es genau an, fass es ins Auge, gebrau-

che deine Vernunft, deinen klaren Verstand. Was dir nachts wie ein wildes Tier im Traum erschien, erweist sich bei Tageslicht ohne Krallen und Pranken.
Und schließlich: Lass es los! Lass es gehen! Lass es wegfließen!
Wichtig ist, einen Menschen des Vertrauens zu haben, dem ich meine Sorgen mitteilen kann. Indem ich meine Sorgen in Worte fasse und sie ausspreche, verlieren sie etwas von ihrer Macht. Ähnlich verhält es sich mit unseren Ängsten.
Gewiss kann ich einem anderen seine Sorge nicht einfach abnehmen. Aber ich kann zuhören, sodass sich der andere von der Seele reden kann, was sein Herz beschwert.
Wer helfen will, muss freilich auch ertragen, dass der andere leidet. Der katholische Seelsorger *Elmar Gruber* hat es so ausgedrückt:

Deine Last kann ich nicht tragen.
Ich kann nur dich mit deiner Last ertragen.

Mitunter stellt sich wie von selbst eine erlösende Einsicht ein, ein gangbarer Weg eröffnet sich, das Dickicht lichtet sich. Und das nur, weil ich Anteil nehmend zugehört habe.

III.
Sorgen und Ängste können einen Menschen in die Tiefe ziehen und an der Lebensfreude zehren. Es ist wie bei einer Waagschale: Man braucht ein Gegengewicht. Es heißt Gottvertrauen. Im 1. Petrusbrief (5,7) lesen wir:

*Alle eure Sorge werfet auf ihn,
denn er sorget für euch.*

Unsere Sorgen sind der Rohstoff, aus dem wir unsere Gebete formen können.

Das Gebet ist die Tür aus dem Gefängnis unserer Sorge. (Helmut Gollwitzer)

Keine Sorge ist zu groß und keine Sorge ist zu klein, dass wir sie nicht im Gebet vor Gott bringen könnten. Gerade die Sorgen um unsere Kinder und Enkel. Statt sie mit unseren Sorgen um ihr Wohlergehen zu bedrängen, sollten wir unsere Sorgen um sie Gott anvertrauen.

Sorget nicht um den morgigen Tag, rät Jesus, *der morgige Tag wird für das Seine sorgen. Es ist genug, dass jeder Tag seine eigene Plage habe.* (Matthäus 6,34)

Martin Luther sagt es in seiner kernigen Sprache so:

Alle eure Sorge werfet auf ihn. Nicht in einen Winkel, sondern Gott auf seinen Rücken. Denn er hat starke Schultern, dass er es wohl tragen kann.

Eigentlich ist uns ja nur ein schmaler Streifen Land gegeben: der heutige Tag, die gegenwärtige Stunde, um unseren Lebensacker zu bestellen.

*Gestern ist vorbei,
morgen ist noch nicht da
und heute hilft der Herr. (Hermann Bezzel)*

Kapitel 5

Die Widerstände des Lebens sind eine Herausforderung. An ihnen können wir auch wachsen. Unser Gottvertrauen ist gefragt. *Dietrich Bonhoeffer* schrieb aus dem Gefängnis:

Ich glaube, dass Gott uns in jeder Notlage so viel Widerstandskraft geben will, wie wir brauchen. Aber er gibt sie nicht im Voraus, damit wir uns nicht auf uns selbst, sondern auf ihn verlassen.

Ermutigend finde ich auch das Wort der schwedischen Dichterin *Selma Lagerlöf*:

Man sollte nicht ängstlich fragen:
Was wird und kann noch kommen?
Sondern sagen:
Ich bin gespannt,
was Gott jetzt noch mit mir vorhat.

In der S-Bahn

Ja, sagte er beflissen, das ist der Zug zum Hauptbahnhof und setzte sich neben mich. Ein gesprächiger Rentner, der auch gleich von sich erzählt. Zwischen zwei Stationen erfahre ich das Wichtigste aus seinem Leben: unverheiratet, ein Leben lang allein, früher in einem Kinderheim als Verwalter tätig, aber vorzeitig in den Ruhestand versetzt, da depressiv.

Und er schildert mir seine Strategie gegen die Depression. Jeden Morgen gehe er nach dem Frühstück aus dem Haus und kehre erst zum Abendbrot zurück. Das helfe ihm mehr als starke Medikamente: die Fahrt in die Natur, die Besichtigung der Baustellen entlang der Bahntrasse, da kenne er sich besser aus als mancher Arbeiter vor Ort. Und vor dem Einschlafen abends habe er immer ein Problem von der Baustelle zum Nachdenken, da komme er nicht ins Sinnieren. Auch beim Fahrkarten-Automaten kenne er sich aus, da helfe er den Leuten, die nicht zurecht kommen. So mache er sich nützlich. Denn eine Aufgabe brauche der Mensch. Das helfe gegen die Depression.

Drei Regeln müsse er beachten: sich nicht übernehmen, nicht hasten, sich die Arbeit einteilen. Auch lese er oft in der Bibel und gehe zur Messe. Heute Morgen habe ein Pater aus Brasilien die Kinder gesegnet, ihnen die Hand aufgelegt; das habe er noch vor Augen, ein schönes Bild, es begleite ihn durch den ganzen Tag. Auch das helfe gegen die Depression.

Am West-Kreuz stieg er aus. Ich winkte ihm nach. Ich habe ihm nicht gesagt, dass ich Pfarrer bin.

Nussgebet

O Gott,
das Leben gibt uns manche Nuss
zum Knacken auf,
manchmal richtige Kummer-Nüsse.
Wir möchten so gern zum Kern,
zum Wesentlichen vordringen.
Durch die Schale hindurch zum Kern,
ob er nun süß oder bitter ist.
Wir sind froh über jene Glücksmomente,
da sich uns öffnet,
was vorher verschlossen war.
Schenke uns guten Mut und Zuversicht
in den Stürmen des Lebens.
Wenn unser Lebensschiff einer Nussschale gleicht,
halte deine Hand über uns und bewahre uns!
Schenke uns jene Freude,
wie Kinder sie empfinden
vor den Lichtern und goldenen Nüssen
am Weihnachtsbaum!
Lass uns gute Frucht im Leben bringen
und letzten Endes
nicht als taube Nuss in deinen Händen liegen.
Lass uns in dir geborgen sein!
Amen

Klagemauer[13]

In Jerusalem stand ich an der Klagemauer. Fromme Juden, aber auch Touristen, schrieben Gebete auf kleine Zettel, rollten sie zusammen und steckten sie zwischen die Ritzen der mächtigen Quadersteine. Sie vertrauten sie Gott an. Denn nach jüdischem Glauben schwebt die *Schechina*, Gottes *Einwohnung* über dieser Mauer. Einige Gebetszettel hatte der Regen aus den Fugen der Mauer herausgespült. Aufgeweicht und niedergetreten lagen sie am Boden. Und doch waren auch diese Gebete bei Gott aufgehoben.
Wie viele Klagen mögen an dieser Mauer im Laufe der Generationen zum Himmel aufgestiegen sein? In einem Psalm fleht ein Beter zu Gott: *Sammle meine Tränen in deinem Krug; ohne Zweifel, du zählst sie.*
Wo habe ich meine Klagemauer? Ist es der Gekreuzigte im Seitenschiff einer Kirche? Ein Kreuz auf freiem Feld? Eine Lourdes-Grotte? Ein Gedenk- oder Grabstein? Eine Bank unter den beschirmenden Ästen eines Baumes, von der mein Blick ins Weite geht?
Oder habe ich einen Menschen, dem ich meine Ängste und Sorgen anvertrauen darf? Betet jemand für mich, bete ich für jemanden?
Manchmal bin ich selbst eine Klagemauer für einen fremden Menschen, der mir sein Herz ausschüttet, auf einer Bahnfahrt zwischen zwei Lebensstationen. Hoffentlich gleiche ich nicht dem Stein einer Mauer, sondern zeige ein mitfühlendes Herz.

---

13 Die Klagemauer in Jerusalem ist ein Überrest der Umfassungsmauer des Herodianischen Tempelplatzes. Die Juden beklagen dort die Zerstörung ihres Tempels durch den römischen Feldherrn Titus (70 n.Chr.).

Kapitel 5

In vielen Kirchen gibt es eine Gebetswand oder einen Kerzenbaum. Ich könnte aus meinen Sorgen ein Gebet formen, es an die Wand heften und ein Licht anzünden.

Lese ich die Gebete an der Tafel, dann wird mir bewusst, dass ich mit meiner Sorge oder mit meinem Kummer nicht allein bin. Ich könnte mir das Gebetsanliegen eines anderen Menschen, den ich nicht kenne, zu eigen machen und nicht nur die eigene Sorge vor Gott bringen.

Und es könnte ja auch ein Dankgebet sein. Denn Danken vertreibt den Sorgengeist.

Gebetswand[14]

Pfingstlich wird mir zumute, wenn ich vor der Gebetswand in St. Stephan stehe. Dank- und Bittgebete laden da zum Mitbeten ein. Gebete in vielen Sprachen, die ich längst nicht alle verstehe, in Englisch und Französisch, in Spanisch und Italienisch. Hin und wieder finde ich sogar japanische Schriftzeichen. Da heißt es: „Dear God" und „Grazie Signore" und „Mestre Jesus" und in einem afrikanischen Dialekt „Tuka Jesus". Aus vielen Zungen hat Gott sich eine Gemeinde erwählt.

Manchmal sind es auch Kinder, die ihre Buchstaben mehr malen als schreiben und ihre Gebete mit Blumen und Engeln schmücken. Und sie setzen frohgemut ihren Vornamen darunter.

Das Leben voll Freude und Schmerz spiegelt sich in den Gebeten wider. Dank für einen sonnigen Urlaub, Sorge um die kranke Mutter, Hoffnung auf einen Arbeitsplatz. Ein Punker malt drei Herzen auf seinen Gebetszettel: „Bitte lass uns Geld finden. Dein Fan N."

Und eine junge Frau macht ihrem Herzen Luft: „Danke Jesus für deine Liebe. Meine Freude über dich lässt mich fast explodieren!"

Manche Gebete scheinen federleicht zu sein, andere voller Tiefgang. Wer will das Gewicht eines Gebetes ermessen? Ermutigend klingt ein Wandspruch, um den sich die Gebetswünsche sammeln: „Gott kennt das Gewicht unserer Gebete. Darum kann ich ihm das sagen, was in den Augen der anderen leicht wiegt."

---

14 Gebete von der Gebetswand St. Stephan in Lindau (1997).

Herr, ich danke dir für alle Liebe, die ich in meinem bisherigen Leben erfahren habe: für gütige Eltern, Verwandte und Freunde. Ich bin glücklich mit meiner Familie. Ich bitte dich, schenke uns weiter Eintracht und Gesundheit!

Lieber Gott, gib mir weiter Liebe, damit ich Liebe geben kann!

Wie oft schon bin ich von Menschen, denen ich mein Herz geöffnet habe, enttäuscht worden. Und wie oft habe ich Erwartungen, die an mich gestellt wurden, nicht erfüllt, sondern andere im Regen stehen lassen. Gib mir deine Kraft, um trotz allem anderen Menschen meine Liebe entgegenzubringen.

Mein liebster Gott! Ich bitte dich von ganzem Herzen, mir zu helfen, dass ich mein Herz weit aufmachen und deine Liebe mehr spüren kann. Ich bitte dich, nimm meine Verurteilungen über andere Menschen von mir. Ich möchte nur für dich leben.

Lieber Gott, du bist so lieb zu uns. Du hast den Mond und die Sonne und die Sterne geschaffen. Und die Bäume und die Tiere.
Dein René

KAPITEL 6

Jahreswege durch die Schöpfung

Am Wegesrand fast hätt' ich's übersehen

Lebensbilder
Jahreswege
Für dich
Am Wegesrand
Ostermorgen am See
Flurprozession
Erste Mahd
Die Wolke
Wie herrlich
Ernte
Erntedank
Liebe Linde
Klosterabend
Rein-rasig
Erstes Programm
Ein Gedicht lernen

Lebensbilder

In der wunderbaren Schöpfung Gottes stoße ich immer wieder auf Sinnbilder des Lebens. Zeichen der Hoffnung. Gestalten, die über sich selbst hinausweisen.
Im Garten des Altersheimes finde ich ein weihnachtliches Wunder: im Schnee weißblühend eine Christrose.
Mitten im Winter entdecke ich am Wegrand den zierlichen Kelch einer Schlüsselblume, auch Himmelsschlüssel genannt.
Ich staune über die Kraft des Huflattichs, der im Frühjahr durch den brüchigen Asphalt bricht.
Am Ostermorgen sehe ich ein Boot ans andere Ufer fahren, das noch im Nebel verborgen liegt.
Von einem Baum, den der Herbststurm umgelegt hat, pflücke ich reife Äpfel.
Zwischen den entlaubten Zweigen einer Linde nehme ich Zeiger und Zifferblatt einer Uhr wahr, die vom Kirchturm schlägt.
Hinter glühendroten Blättern des wilden Weins zeigt sich mir ein Verkehrszeichen, das die Richtung weist.
In einem Gedicht von *Hilde Domin* lese ich die wunderbare Zeile:

Es knospt unter den Blättern,
das nennen sie Herbst.

Nicht nur die Natur, wir selbst durchlaufen Jahreszeiten des Lebens. Nicht nur die Knospen, wir selbst brechen auf im Lebensfrühling. Und oft dürfen wir ernten, wo andere für uns gesät haben.

Ein griechischer Bauer wurde von einem Touristen gefragt, warum er einen Ölbaum pflanze, dessen Früchte er bestimmt nicht mehr genießen werde. Der Bauer antwortete: Mein Vater hat für mich Bäume gepflanzt, von denen ich mich ernähre. Meine Kinder und Enkel werden von dem Baum ernten, den ich hier pflanze.

Jahreswege

Es gibt so viele Wege,
breite Straßen, enge Stege ...

Da ist der Weg
in heißer Sommerluft,
wenn müde dich und träg
der Schatten ruft.

Es führt ein Weg
in bunte Herbstesfülle,
wenn Früchte fallen
in die blaue Stille.

Es führt ein Weg
im Winter durch die Nacht,
wenn über'm Schneefeld
hoch ein Stern dir wacht.

Doch alle Jahre wieder
wie zum ersten Mal
lockt dich der Frühling
in sein Blütental.

Für dich

Mach dein Fenster auf
für das Morgenlied der Amsel.

Bleib stehen
unter dem Blütenschnee
des Weißdorns.

Hab Geduld mit der Kastanie.

Vergiss nicht die Christrose,
die schon duftete,
als noch Frost
auf deinem Herzen lag.

Am Wegesrand

Am Wegesrand –
fast hätt' ich's übersehn –
sah ich den zarten Kelch
der Schlüsselblume stehn.

Sie duckte sich
scheu auf dem kargen Grund
und trank die Sonnenstrahlen
mit dem kleinen Mund.

Was ist das schon?
magst du im Stillen denken,
warum sollt meinen Blick
ich einer kleinen Blume schenken?

Bedenke doch: Im Januar
im eiseskalten Wind –
ein Wunder ist's,
dass ich die zarte Blüte find.

Am Wegesrand –
fast hätt' ich's übersehn –
seh ich in Schnee und Eis
ein Bild der Hoffnung stehn.

Ostermorgen am See

Das Dickicht des Schilfs
öffnet sich.

Schwankend steht das Rohr
im Wind.

In das Gestrüpp unserer Zweifel
fällt Licht.

Leise schlagen die Wellen
ans Ufer.

Hoffnungsfunken blitzen auf.

Zögernd weicht der Nebel
unserer Ängste
dem flutenden Licht.

Ein Boot fährt
zum anderen Ufer,
das wir noch nicht sehen.

Flurprozession

Durch Dorf und Flur
und Blütenspur
ziehn sie im gleichen Schritt
vorweg der Pfarrer mit Monstranz
zwei Ministranten ziehen mit
beten den Rosenkranz
ein frommer Zug
voran das Kreuz
und der es trug
betende Hände
und ganz am Ende
läuft noch
Schritt für Schritt
eine Katze mit

Erste Mahd

Die erste Mahd ist eingebracht,
die Wiese ihres Schmucks beraubt,
von Gras und Blumen ganz entlaubt.
Nur dort am sanften Wiesenrain
ein schmaler Gräsersaum,
ein frühlingsbunter Blütentraum,
grünt, blüht und darf noch sein.
Dort, wo am Rand ein Bildstock wacht,
wo nahe unserm Leid
Christus am Kreuze leidet,
Maria ihre Arme weit
zum Troste ausgebreitet,
da nicken im Winde leicht und sacht
Klee, Margeriten und Hahnenfuß –
ein stiller Himmelsgruß.
Dort sitz ich gern
im Schatten einer Lärche
und hör verhallend fern
den Glockenschlag vom Turm,
der widerhallt vom Berge.

Die Wolke

Die Wolke war ganz kolossal
und steckte voll Gewitter,
sie sprühte Blitze schwefelfahl
und Regen tausend Liter.

Die trockne Erde
soff das Nass,
das lange schon entbehrte,
sie soff es wie ein Regenfass;

es war ihr nicht zuwider.
Sie gab sich ganz der Wollust hin
und streckte sich zur Wolke hin
und bat: Ach, komm bald wieder!

Kapitel 6

Wie herrlich

Schon in der Dämmerung
hat es ihn gejuckt
hinauf zum vertrauten Berg
wo die Pilze aufrecht
auf ihn warten
noch Nebel im Tal
aber da oben
geht die Sonne auf
wie am ersten Schöpfungstag
ein Juchzer – er kann nicht anders
Herr Gott wie herrlich ...
die Schumpen[15] drängen sich um ihn
und er hält ihnen eine Predigt
Herr Gott wie herrlich
ist deine Schöpfung
dann stellt er das Autoradio an
und andächtig
lauscht er mit den Kühen
Mozarts Musik

---

15 Schumpen sind Jungrinder.

Ernte

Umgelegt vom Sturm
über Nacht
lag er entwurzelt,
es glänzen die Äpfel
in der Herbstsonne,
immer noch saftig
pflücke ich frische Frucht
vom gefällten Baum.

Kapitel 6

Erntedank

Wir danken Gott für die Erntegaben,
an denen sich Leib und Seele laben.
Wir danken Gott für das tägliche Brot,
bewahre uns Gott vor Hunger und Not.
Wir danken Gott für Sonne und Regen,
an seinem Segen ist alles gelegen.
Wir danken Gott für Gemüs' und Getreide,
für die Milch von den Kühen auf der Weide.
Wir danken Gott für Blumen und Früchte
und all die schmackhaften Leibgerichte.
Wir danken Gott, dass es uns schmeckt,
dass in jeder Mahlzeit sein Segen steckt.
Wir danken Gott für die reichen Garben;
möge niemand auf Erden an Hunger darben.
Wir danken Gott für die gute Erde,
die dafür sorgt, dass Nahrung werde.
Wir danken Gott für Wasser und Brot
und bitten, dass keine Hungersnot droht.
Wir danken Gott für die bunte Welt
und dass er sie fest in den Händen hält.
Wir danken Gott zu diesem Feste
und dass er uns einlädt als seine Gäste.
Wir danken Gott, dass er sich uns schenkt
und unser Leben in Güte lenkt.
Wir danken Gott für den gedeckten Tisch,
für den Kelch mit Wein und das Brot so frisch.

Liebe Linde

Liebe Linde,
deine volle Krone
verbarg mir im Sommer
den Turm der Kirche.
Nun aber im Herbst
erkenne ich
Zeiger und Zifferblatt
und weiß,
was es geschlagen
hat.

Klosterabend
Erinnerung an Maguzzano

Schwarze Zypressen
säumen den Weg
zum Ort des Friedens
weisen zum Himmel
wie Gottesfinger
flackernde Seelenlichter
über den Gräbern
verblichene Namen
schwarze Zypressen
säumen den Weg
zurück
langsamen Schrittes
kommt mir
eine Frauengestalt
entgegen
weiß gekleidet
unter schwarzen Zypressen

Rein-rasig

Im Gartenkalender lese ich
bis zu einer Temperatur
von acht Grad
könne der Rasen-Unkraut-Vernichter
noch problemlos eingesetzt werden
gegen Unkräuter
wie Gänseblümchen Löwenzahn
und Wegerich
auch Moospolster
ließen sich flüssig bekämpfen
das liest sich
wie ein Militäreinsatz
an vorderster Front gegen
die Fallschirme der Pusteblume
zurückbleibt
reinrasiger Rasen

Erstes Programm

Auf dem Ferienhaus
eine Antenne
sieht aus wie ein Rechen
wie Kämme und Gabeln
die Wellensalat einfangen
aber heute morgen
hat sich ein Schwarm Schwalben
darauf niedergelassen
die zwitschern
munter und vergnügt
erstes Programm
von der Natur
gesandt
gesendet

Ein Gedicht lernen

Mein Enkel hat mich überrascht. Bei einem Osterspaziergang mit der Familie sagte er den „Osterspaziergang" aus Goethes Faust auf. Mit schalkhaftem Lächeln. Er war gerade vier Jahre alt und hatte die Verse im Waldorf-Kindergarten gelernt. Es fiel ihm offenbar nicht schwer.
Ich hatte als Kind mehr Mühe, ein Gedicht auswendig zu lernen. Als ich als Schüler endlich die „Kraniche des Ibykus" von Schiller intus hatte, kam ich zu meinem Bedauern nicht dran. Ich hätte es gerne vorgetragen.
Immer wieder staune ich, wie ältere Menschen von einem Vorrat an Gedichten zehren. Selbst demente Personen können noch ein Lied singen oder einen Vers aufsagen. Gerade die Melodie ist es, die Worte aus dem Gedächtnis hervorlockt. Auf einen Versuch kommt es an.
Goethe empfiehlt, täglich ein Gedicht zu lesen. Am besten sollten wir es laut lesen. So erschließt sich der Klang des Wortes und findet Resonanz in unserem Körper. Auge, Zunge, Ohr und auch der Atem werden durch Rhythmus und Reim angeregt.
Wenn ich selber ein Gedicht schreibe, lese ich es mir immer wieder aufs Neue vor, achte auf den Klang der Vokale, auf das Gleichmaß des Satzes, auf das Zusammenspiel von Bildern, Gefühlen und Gedanken – bis es mir als eigenes Geschöpf gegenübertritt. „Eigen" im Doppelsinn des Wortes.
Ich habe quer durch die Jahreszeiten ein paar Gedichte aus dem Schatz unserer Dichter ausgewählt. Es sind bildreiche Verse, die das Lernen erleichtern.

Dem *„Weg in die Dämmerung"*, den Manfred Hausmann (gestorben 1986) voran geht, kann ich gut folgen. Ich sehe die Birken und den verwehten Zaun vor mir; höre, wie Reif und Schnee unter meinem Schuh knirschen und fühle mich dem Weg zugehörig. Der Weg nimmt mich mit, selbst dort noch, wo ich ihn nicht mehr in der Dämmerung erkenne.

Wer weitere Anregungen wünscht, dem seien *„Gedichte fürs Gedächtnis"* von Ulla Hahn empfohlen. Sie rät zum *„Inwendig-Lernen"* und *„Auswendig-Sagen"* und gibt hierzu wertvolle Hinweise. Sie sagt: *„Jedem Begreifen muss ein Ergriffensein vorausgehen."*

Für den Gang durch die Jahreszeiten empfehle ich *„Poesie der Jahreszeiten"*, *„Frühlingsgedichte"*, *„Sommerbuch"* (Reclam). Die kleinen handlichen Hefte lassen sich leicht in die Tasche stecken und verlocken zum Lernen eines Gedichts während eines Spaziergangs. Der *Insel-Verlag* bietet ein *„Herbstbuch"* an. Und für Zuhause erhält man preiswert aus dem Verlag C.H. Beck *„Der ewige Brunnen"*, ein Hausbuch deutscher Dichtung.

Es gibt viel zu entdecken.

Eduard Mörike

Er ists

Frühling lässt sein blaues Band
Wieder flattern durch die Lüfte;
Süße, wohlbekannte Düfte
Streifen ahnungsvoll das Land.
Veilchen träumen schon,
Wollen balde kommen.
– Horch, von fern ein leiser Harfenton!
Frühling, ja du bists!
Dich hab ich vernommen!

Joseph von Eichendorff

Mondnacht

Es war, als hätt der Himmel
Die Erde still geküsst,
Dass sie im Blütenschimmer
Von ihm nun träumen müsst.

Die Luft ging durch die Felder,
Die Ähren wogten sacht,
Es rauschten leis die Wälder,
So sternklar war die Nacht.

Und meine Seele spannte
Weit ihre Flügel aus,
Flog durch die stillen Lande,
Als flöge sie nach Haus.

Friedrich Hebbel

Herbstbild

Dies ist ein Herbsttag, wie ich keinen sah!
Die Luft ist still, als atmete man kaum,
Und dennoch fallen raschelnd, fern und nah,
Die schönsten Früchte ab von jedem Baum.

O stört sie nicht, die Feier der Natur!
Dies ist die Lese, die sie selber hält,
Denn heute löst sich von den Zweigen nur,
Was vor dem milden Strahl der Sonne fällt.

Manfred Hausmann

Weg in die Dämmerung

Bald will's Abend sein.
Stumm steht das Geheg.
Und ich geh allein
den verschneiten Weg,

der, vom Hang gelenkt,
sich mit leisem Schwung
leiser abwärts senkt
in die Niederung.

Birken, starr von Eis,
Pfahlwerk, unbehaun,
Dorn und Erlenreis,
ein verwehter Zaun

geben seiner Spur
anfangs das Geleit,
dann gehört er nur
der Unendlichkeit,

die verdämmernd webt
und ihn unbestimmt,
wie er weiterstrebt,
in ihr Dunkel nimmt.

Reif erknirscht und Schnee
unter meinem Schuh.
Weg, auf dem ich steh,
dir gehör ich zu!

Wer des Lichts begehrt,
muss ins Dunkel gehn.
Was das Grauen mehrt,
lässt das Heil erstehn.

Wo kein Sinn mehr misst,
waltet erst der Sinn.
Wo kein Weg mehr ist,
ist des Wegs Beginn.

KAPITEL 7

Miteinander unterwegs durch das Kirchenjahr

Brannte nicht unser Herz?

Gemeinsam unterwegs im Kirchenjahr
Der Weihnachtsengel
Weihnachten im Kaufhaus
Mitten im Sommer
Eine frohe Message
Als alle wieder gegangen waren
Wetterlage am See
Der Schafhirte
Berg Tabor
Karfreitag
Sarah
Herzversagen
Der Weg zurück
Andenken
Talitha kumi
Miteinander unterwegs
Pfingsten
Guter Geist
Wo sind die anderen fünf?
Der Bücherwurm
Eine Weihnachtsgeschichte schreiben
Der gerettete Christbaum

Gemeinsam unterwegs im Kirchenjahr

Unumkehrbar erleben wir den Gang der Zeit. Sie läuft auf ein Ziel zu. Geradlinig. Sie gleicht einem Pfeil, der seinem Ziel entgegenschwirrt. In besonderen Augenblicken spüren wir, dass unser Leben diesem Gesetz des Kommens, Gehens und Vergehens unterliegt. Es ist, als hörten wir das Schwirren dieses Pfeils – und wir erschrecken.

Da ist es tröstlich, in ein noch ganz anderes Zeitgefühl eingebettet zu werden: in die Wiederkehr des Gleichen, in jenen Kreislauf des Lebens, der um eine geheime Mitte läuft. Morgen und Abend, Tag und Nacht, Arbeit und Ruhe, Frühling und Herbst, Sommer und Winter sorgen für jenen Wechsel, der unserem Leben Spannung und Entspannung gewährt.

Vertieft wird diese heilsame Erfahrung durch die Feste des Kirchenjahres.

Die Kerzen des *Advents* leuchten uns erwartungsfroh auf dem Weg zum Licht. Die Heilige Nacht lässt uns die Nähe Gottes spüren, wenn die Nacht gerade am tiefsten ist. Das Licht der *Weihnacht,* in der Gottes Freundlichkeit erschienen ist *(Epiphanias),* begleitet uns in das neue Kalenderjahr: Geh getrost deinen Weg, Gott geht mit!

Nach der ausgelassenen Zeit des *Karnevals* verlangt die *Passionszeit* nach einer Einkehr bei uns selbst. Kann ich auf etwas verzichten, wovon ich mich abhängig fühle?

Die Karwoche lässt uns Anteil nehmen am Leiden unserer Mitmenschen, in dem uns das Antlitz des leidenden Christus anschaut. Auch das Leiden der Tiere und Pflanzen kommt in unseren Blick.

Wie draußen in der Natur die Knospen aufgehen, so öffnet sich unser Herz im *Osterjubel* „Christ ist erstanden". Eine Hoffnung wird geweckt, die über den Kreislauf des Werdens und Vergehens hinausgreift. Der schwirrende Pfeil zielt über den Tod hinaus.
Das Fest *Christi Himmelfahrt* erinnert uns, dass unsere letzte Heimat bei Gott ist. Christus wollte uns nicht als Waisen zurücklassen. Er hat uns den pfingstlichen Gottesgeist versprochen, eine weiblich anmutende Seelenkraft *(ruach)* in der Tiefe unseres Herzens und in der sakramentalen Gemeinschaft beim Abendmahl.
Das Fest der Dreieinigkeit Gottes *(Trinitatis)* regt uns an, über die Tiefe und Weite Gottes und den Reichtum seiner Liebe nachzusinnen.
Auch wenn die meisten von uns in einer Dienstleistungs- und Informationsgesellschaft leben, die von Produktion und Konsum geprägt ist, so will doch das *Erntedankfest* daran erinnern, dass uns manche Frucht des Lebens ohne unser Zutun in den Schoß fällt, ja dass gelingendes Leben immer ein Geschenk ist und in allem Auf und Ab eine verdankte Existenz.
Dass wir von der Gnade Gottes leben und nicht durch gute Werke erst den Zutritt zum Himmel verdienen müssen, das ist die frohe Botschaft des *Reformationsfestes,* die wir dem Glaubensringen Martin Luthers verdanken.
Eigentlich sollten wir jeden Abend eine kurze Bilanz erheben, was uns der Tag gebracht hat, wo wir Gutes empfangen und geben konnten, aber auch wo wir gefehlt haben, dort wo man uns gebraucht hätte, und wo wir das teilnehmende Wort und die hilfreiche Hand einander schuldig geblieben sind. Der

Buß- und Bettag lädt zu einer Inventur ein, wie sie jeder Kaufmann zum Ende des Geschäftsjahres machen muss.

Wir leben in einer Kette der Generationen als ein Glied dieser Kette. Im ausklingenden Kirchenjahr erinnern wir uns am *Ewigkeitssonntag* (früher *Totensonntag*) all derer, die die Schwelle zur Ewigkeit bereits überschritten haben.

Tröstlich lauten die Worte des Kirchenvaters Hieronymus (um 345–420), die ich oft an einem Grab gesprochen habe:

Wir wollen nicht (nur) trauern,
dass wir ihn/sie verloren haben,
sondern dankbar sein dafür,
dass wir ihn/sie gehabt haben,
ja jetzt noch zu eigen haben.
Denn wer heimkehrt zum Herrn,
der bleibt in der Gemeinschaft der Gottesfamilie
und ist nur vorausgegangen.

Diesen Umlauf durch das Kirchenjahr habe ich als evangelischer Pfarrer geschrieben. Katholische Mitchristen werden an dieser Stelle noch einen Rosenkranz von Marien- und Heiligenfesten einbringen können.

Kapitel 7

Der Weihnachtsengel

Herr S., Installateur im Ruhestand, war dankbar. Er hatte miterleben dürfen, wie seine Frau sanft und leicht einschlafen konnte. „Dass Sterben so leicht sein kann, das habe ich nicht gedacht."
Sie waren siebzehn Jahre verheiratet, hatten ihr kleines Haus renoviert, alles gemeinsam gemacht. Sie hatte fest zupacken können. Er war stolz auf sie.
Dann war die schlimme Krankheit gekommen, die Atemnot brachte. Mehrere Klinikaufenthalte. Und schließlich, drei Tage vor Weihnachten, war sie gestorben. Im Frieden mit sich selbst und mit Gott, erst 56 Jahre alt.
Obwohl es ihr schwer gefallen war, hatte sie noch vor Weihnachten kleine Engel aus Perlen zusammengefädelt, ein Engelsgruß zum Abschied. Einer liegt auf meinem Schreibtisch.
Ich denke gerne an sie zurück. Sie war eine hilfsbereite Frau. Als ihre Untermieter, ein griechisches Ehepaar, bei ihr angefragt hatten, ob denn die Kinder vorübergehend in der kleinen Wohnung im Obergeschoss bleiben dürften, bis sie Arbeit in Deutschland gefunden hätten, sagte sie freundlich zu: „Kinder gehören doch zu den Eltern!" Mittlerweile wohnten sie zu sechst im oberen Stockwerk.
Nun kam der Heilige Abend und es klopfte an der Tür. Der Zehnjährige von oben fragte, ob er heute Abend Weihnachten mitfeiern dürfte. Herr S. fragte: „Haben dich deine Eltern geschickt?" „Nein. Ich möchte mit dir den Heiligen Abend verbringen." Der Junge schlug vor, einen Kinderpunsch zu brauen und ihn gemeinsam zu trinken. So kochten

sie miteinander und ließen sich den Punsch schmecken.

Auf dem Tisch lag ein Perlenengel; es war der letzte, alle anderen hatte die Verstorbene verschenkt. „Du, der gehört nicht auf den Tisch, den hängen wir an den Weihnachtsbaum", schlug der Junge vor. Und so bekam der Engel seinen Platz an der Spitze des Christbaums.

In den griechischen Familien ist es Brauch, die Geschenke erst am Morgen nach Heiligabend auszubreiten. Aber der Junge wollte es heute schon wissen: „Gibst du mir jetzt schon dein Geschenk? Und darf ich es gleich auspacken?"

Der trauernde Witwer lächelte. Wie Kinder doch trösten können! Sie verführen die Trauernden dazu, ihnen eine Freude zu bereiten. Es sind eben viele Engel an Weihnachten unterwegs und manchmal klopft einer im rechten Augenblick an unsere Tür.

Weihnachten im Kaufhaus

Edeltannen Glühweinduft
Weihnachten liegt in der Luft
durch die offene Kaufhaustür
klingt „O stille Nacht" herfür

Sterngefunkel Lichterglanz
fesseln unsre Augen ganz
und die Treppe rollt empor
mit Musik im höhern Chor

Aus Recordern und Verstärkern
dröhnt es laut „O Tannenbaum"
Zuckerguss und Werbeschaum
wer wird sich darüber ärgern?

Und in einer dunklen Ecke
kaum beachtet im Verstecke
finde ich das heilge Paar
und das Kind wie alle Jahr

Mitten im Sommer

Der runde Geburtstag wurde im Landgasthof gefeiert, draußen im Kräutergarten am Fischteich. Mitten unter fremden Gästen. Ein Sonnenschirm beschattete die Kuchentheke. Es war ein warmer Sommertag.
Jacob, der sechsjährige Enkel, hatte sich ein besonderes Geschenk ausgedacht. Er wollte für Oma Minka noch einmal das Weihnachtsspiel aufführen, bei dem er als junger Hirte am Heiligabend hatte mitspielen dürfen. Es hatte ihn tief bewegt. Er kannte alle Rollen auswendig und hätte jederzeit den Text zurufen können.
So hatte denn jeder seine Rolle übernommen. Der alte Hirte in seinem weiten Umhang, ein Großonkel, kündigte an, dass bald der Heiland geboren werden sollte. Dessen Sohn und seine junge Frau, frisch vermählt, boten sich als Josef und Maria an. Die Hirten hatten sich mitten im Sommer winterfest eingekleidet. Ein junger Hirte wollte dem Neugeborenen ein Lied auf der Flöte vorspielen.
Jacob winkte die Könige herbei. Sie sollten keinesfalls ihren Auftritt verpassen. Ein beflügelter Engel in weißem Gewand verkündigte die frohe Botschaft: Euch ist heute der Heiland geboren!
Heute – das war mitten im Sommer im Garten eines Landgasthofs. Unter Gästen, die sich Kaffee und Kuchen schmecken ließen und mit neugierigen und verwunderten Blicken das Schauspiel verfolgten. Die Geschichte von der Geburt des Gotteskindes, die einen Sechsjährigen so ergriffen hatte, dass er sie seiner Oma zum Geburtstag schenken wollte.
Mitten im Sommer.

Eine frohe „Message"

Ich gebe ja zu, dass ich von Computern und Handys nicht viel verstehe. Ich habe noch an keinem Internet-Kurs für Senioren teilgenommen. Auch schaue ich lieber auf die Zeiger der guten alten Küchenuhr als auf funkgesteuerte sekundengenaue digitale Chronometer.
Nun habe ich mir aber doch ein Handy zugelegt. Was!, wunderte sich meine Tochter, du hast ein Handy. Nicht zu fassen, meinen Glückwunsch!
Natürlich telefoniert man vom Festnetz aus billiger. Aber stellen Sie sich vor, sagte der Verkäufer, Sie stürzen in den Bergen ab und liegen mit gebrochenem Haxen mutterseelenallein in der Wildnis: Da zahlen S' jeden Preis, wenn Sie ein Handy haben. Soweit hatte ich gar nicht gedacht. Aber zuhause anrufen, wenn die Beine müde geworden sind: „Hol mich bitte ab!" Warum nicht!
Nachdem also der erste Anruf per Handy geglückt war, wagte ich mich an ein SMS. Das klingt wie SOS, bedeutet aber – immer diese Abkürzungen! – Short Message Service. Hätte man ja auch deutsch sagen können: Kurznachricht, oder gehaltvoller: kurze (schnelle) Botschaft. Aber wir leben nun einmal in einer Zeit der News. Gewiss hat der Engel den Hirten auf dem Feld auch „good news" gebracht, eine „short message", die auch auf einem Handy leicht Platz gehabt hätte: Fürchtet euch nicht! Freude! Gottes Sohn geboren! – Was für ein himmlischer Service.
Ich hab's auch versucht. Die erste Message an meine Tochter sollte lauten: Frohe Weihnachten! Daddy. Ich tippte brav „frohe" ein, aber es erschien zu mei-

ner Überraschung „Droge". Das lag offenbar daran, dass jede Taste für drei Buchstaben herhalten muss, zum Beispiel „def" oder „ghi". Irgendwo sucht dann ein Computer aus einem Wörterbuch die passenden Wörter aus. Also nicht „frohe", sondern „Droge" Weihnachten.

Auch nicht schlecht! Weihnachten kann zur Droge werden: zur Gefühlsdroge, zum Kaufrausch, zum Aufputsch- oder Beruhigungsmittel. Obwohl die ursprüngliche Botschaft ja ziemlich nüchtern, wenn nicht gar ernüchternd ist: „Ihr werdet ein Kind finden, in Windeln gewickelt, in einer Krippe liegend."

Die „Droge" auf meinem Handy wurde ich so schnell nicht los; das ist eben so mit Drogen. Doch dann ging mir ein Licht auf. Da gab es noch den Hinweis weiterer Wortangebote. Ich drückte und – siehe da – es erschien „drohe" Weihnachten.

Also das war nun völlig falsch. Es gibt so viele Drohbotschaften in der Welt. Leider! Wer weiß, auf welchen Wegen und Umwegen Froh- in Drohbotschaften verwandelt werden. Was wir brauchen, sind Frohbotschaften. Also noch ein Druck auf die Taste und endlich: „frohe" Weihnachten! Ich war beglückt. Mein Handy wünscht mir bei sanftem Licht „frohe weihnachten".

Ich wollte die frohe Message umgehend meiner Tochter senden. Sie hat nämlich schon längst ein Handy. Ganz schnell geht das. „Botschaft angekommen", war auf dem Display zu lesen. Also griff ich zum Telefonhörer: Du, ich habe eine Message für dich auf dein Handy geschickt; sieh doch mal nach! – Das ist ja ganz lieb von dir, sagt sie, aber ich weiß nicht, wie ich das auf meinem Handy abrufe.

Als alle wieder gegangen waren

Als alle wieder gegangen waren,
die Hirten, die Könige, die Häscher auch,
die dem Kind nach dem Leben trachteten ...

Als alle gegangen waren,
auch die Engel
heimgekehrt in den Himmel,
ihr Halleluja verklungen –
doch ein Nachklang
hallte noch lange fort auf Erden ...

Als alle gegangen waren,
Maria und Josef auch,
auf der Flucht ins Ungewisse,
doch nicht ohne Gottvertrauen,
das Kind in ihren Armen ...

Als alle gegangen waren,
kam auch ich und fand die Krippe
leer –
ein Strohhalm genügte dem Glauben,
das Kind aber
lächelte in meinem Herzen.

Wetterlage am See

Hochdruck an Weihnachten
gefolgt von einer Tiefdruckrinne
nach dem Fest.
Bodennebel verhüllen die Sicht
auf Künftiges.
Reif fällt auf die letzten Tage
des Jahres.
Schau ich genauer hin,
finde ich Sterne unter den Eisblumen.
Über dem Nebel
ahne ich Licht.
Manchmal dringt es durch
und klar zeichnen sich ab
die Ufer jenseits.

Der Schafhirte

Wie gerne käme er
am Heiligabend
in die Kirche
die Lichter des Christbaums
das Brausen der Orgel
den Gesang der Gemeinde
vermisse er so –
aber gerade da
in der Nacht zu Christi Geburt
kämen die meisten Lämmer
zur Welt
eben die Lämmer
die vor Ostern geschlachtet würden
von ihrem Erlös
würde er leben –
mein Gott denke ich
von Jesus dem Lamm Gottes
und seinem Erlös
leben wir auch

Berg Tabor

Die abgefahrenen Reifen ausrangierter Mercedes-Limousinen quietschten beängstigend in den scharfen Kurven. Wir hätten gehen sollen, den Weg hinauf durch niederes Gehölz, Ginster eigelb, Disteln, blutrote Anemonen. So wie Jesus damals mit seinen drei Freunden Petrus, Johannes, Jakobus: näher, mein Gott zu dir. Am Tor der Winde unter Ruinen las ich uns die vertraute Geschichte – hier so fremd – von seiner Verklärung: Das ist mein lieber Sohn! Seine Kleider leuchtend weiß „wie sie kein Bleicher auf Erden so weiß machen kann",[16] er selbst verwandelt in himmlischer Metamorphose,[17] Elia und Mose zur Seite, die Jünger geblendet im Gegenlicht, bis eine Wolke sie und uns überschattete. Rabbi, hier ist gut sein für uns, stammelte Petrus, dem Licht zugetan und verschwistert mit ihm; lass uns drei Hütten bauen und bleiben ... Als ich mich umdrehte, las ich am nahen Parkplatz auf windschiefer Tafel „no camping".

Wir gingen talwärts durch Disteln, Ginster, blutrote Anemonen; der Berg selbst verklärt im Frühlingskleid der Mandelblüte. Vor uns auf unserer Reise zu heiligen Stätten lag noch der Garten Gethsemane und Golgatha – nicht mehr als ein Hügel.

---

16 Übersetzung nach Martin Luther.
17 Metamorphein (Markus 9,2).

Karfreitag

Magnolien blühen im Garten
und der Schnee fällt sachte und leis.
Wir müssen auf Ostern noch warten
und singen das Kyrieleis.

Die Weide lässt ihre Zweige
hängen im kalten Wind.
Wir trinken den Becher zur Neige,
in dem unsre Tränen sind.

Vom Turme tönen die Glocken
gedämpft im dichten Schnee.
Die Vögel wollen uns locken,
doch das Herz ist noch voller Weh.

Sarah

Sarah aus Görlitz hat Jesus gemalt. Sie war mit ihren Eltern in der Kirche. Ihr Bild durfte sie an die Gebetswand hängen. Und die Eltern haben dazu geschrieben: Jesus am Kreuz.
Eigentlich ist es ein fröhlicher Jesus, der seine Arme weit ausbreitet, als wollte er rufen: Komm in mein Häuschen! Ein Kind kann sich kaum vorstellen, dass ein Mensch ans Kreuz geschlagen wird. Kinder glauben an das Gute im Menschen.
Vermutlich hat Sarah das Kreuz nachträglich dazu gemalt. Es scheint als ob Jesus dadurch ins Lot käme: Er wird geerdet.
Das Kreuz in Sarahs Bild ist gar nicht schwer. Nicht gewichtig. Es tut auch nicht weh. Es schaut eher aus wie ein großes Plus-Zeichen, etwas Positives also, etwas, was für mich gut ist.
Jesus lacht über das ganze Gesicht. Er freut sich und streckt mir seine Arme entgegen, als wollte er sagen: Schau, ich bin doch da.
Komm in mein Häuschen!

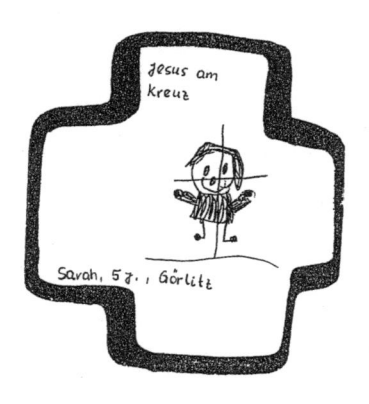

Herzversagen[18]

Irgendwo auf der Straße
zwischen Jerusalem und Jericho
liegt einer niedergeschlagen
Priester und Levit schauen weg
gehen weiter
Herzversagen
Vor der Tür eines Reichen wohlgenährt
liegt in Lumpen
der arme Lazarus
ernährt sich von dem Brosamen
die von des Reichen Tisch fallen
Hunde lecken seine Wunden
Herzversagen
Ein Geschäftsmann
dem die Schulden erlassen
da insolvent
treibt eine Schuld
nicht der Rede wert
bei einem Familienvater ein
Herzversagen
Am Kreuz ruft einer
in Sterbensnot
Herr denke an mich
und Jesus verspricht
noch heute
wirst du mit mir
im Paradiese sein

Jesus stirbt an Herzversagen
weil er sein Herz nicht versagte

---

18 (Biblische Texte: Lukas 10, Lukas 16, Matthäus 18, Lukas 23)

Der Weg zurück

Der Weg ins Tal führte an einem Friedhof vorbei, der von einem Kreuz überragt wurde. Der Zaun umschloss ein kleines Geviert, in dem Totenbretter standen. Zur Erinnerung an meist junge Menschen, die den Tod in den Bergen gefunden hatten. Der Tod schwang seine Sense, holte den einen vom schmalen Bergpfad, den anderen vom stürzenden Traktor oder vom Baumfällen fort. Manche Bilder und auch die Namen waren verblasst.
Ein Pfad führte vom Bergfriedhof in scharfen Kehren ins Tal hinab. Ich ging den Kreuzweg vom Ende, nicht vom Anfang her: vierzehn Bildstöcke, die zum Verweilen einluden. Ich ging den Weg des Schmerzensmannes vom Tod zurück ins Leben.

Als er die Augen aufschlug, erstarb ein Schrei auf seinen Lippen. Auch spürte er die verzehrende Glut der Sonne und brennenden Durst. Mich dürstet! rief er. Das war das Zeichen, dass er zum Leben zurückkehrte.
Im Tod war er dem Himmel näher gewesen. Nun aber zog es ihn zum Leben zurück und er spürte den Schmerz, den er überwunden glaubte. Es war noch nicht vollbracht. Es musste noch einmal gesagt werden: Vater, vergib ihnen; sie wissen nicht, was sie tun. Er spürte den stechenden Schmerz in der Seite. An Händen und Füßen. Ohne Schmerz war das neu gewonnene Leben nicht zu haben.
Allmählich kehrte sein Blick in Raum und Zeit zurück. Er sah die Menschen, die ihn liebten. Maria und Johannes zunächst. Aber die anderen auch: die ihm fluchten, die ihn höhnten, die ihm seine Schwachheit nicht gönnten.
Die Soldaten packten zu, hoben das Kreuz aus dem schrun-

digen Fels, legten es flach, zogen die Nägel aus Holz und Wunden. Das Blut schien in den geschundenen Körper zurückzufließen. Sie zogen ihm seine Kleider wieder an, um die sie vorher gewürfelt hatten. Und sie luden ihm das Kreuz wieder auf, unter dem er zusammenbrach – woher auch sollte er die Kraft nehmen, da er dem Tod gerade erst entronnen war?
Die Frauen weinten noch immer und eine trat hervor, um ihm den Schweiß der Erschöpfung vom Antlitz zu wischen. Sein Antlitz sollte sich ihr tief einprägen.
Dann kam ein gewisser Simon von Kyrene und half das Kreuz tragen, nahm es ab, lud es sich auf, trug es ein gutes Stück, bis Jesus wieder Kraft geschöpft hatte, es selber zu tragen.
Maria litt mit ihrem Sohn. Sie sah ihn, den Mann, der sein Kreuz trug. Sie sah in ihm das Kind, das einmal an ihrer Brust gelegen hatte. Sie hörte den Lobgesang der Engel.
Man brachte Jesus zum Richthaus. Das Joch, das er getragen hatte – für wen? –, wurde ihm abgenommen, die Dornenkrone aus dem blutigen Haar gelöst, noch einmal, damit er den Schmerz nicht vergesse, die Geißel geschwungen.
Dann stand er vor Pilatus, sein Urteil zu empfangen. Und der sprach ihn frei.

Ich bin den steilen Kalvarienberg hinuntergestiegen. Im Tal floss der Bach, der sich vorher durch enge Felswände gekämpft hatte, nun ruhig und gelassen in seinem von Wiesen gesäumten Bett. Vom Kirchturm her kam mir der Stundenschlag einer Glocke entgegen.

Andenken

Da hängt er
am Kreuz
handgeschnitzt
zwischen zwei Bergsteigern
die sich abseilen
ein Gartenzwerg
schaut zu ihm auf
Engel spielen Schalmei
der Bayernwimpel
weißblau
liegt zu seinen Füßen
eine Schwarzwalduhr
tickt über seinem Haupt
gelitten nicht nur
unter Pontius Pilatus

Kapitel 7

Talitha kumi
Markus 5,41

Der Chefarzt ist sichtlich betroffen. Sie hätten alles versucht. Umsonst. Vergeblich. Die junge Frau, erst siebzehn, sei an Herzversagen gestorben. Auf der Hotelterrasse war sie plötzlich zusammengebrochen und in die Arme ihrer Mutter gesunken. Angeblich sei sie gesund gewesen. Ohne Vorschädigung – kaum zu glauben. Auf einer Urlaubsreise von Frankreich an den Bodensee sei unversehens das Herz still gestanden. Ohne Vorwarnung.
Gewiss sei der Tod alltäglich. Aber wenn es einen jungen Menschen treffe! Das vergesse man nicht bei aller Praxis. Wie gut, dass man es einer höheren Macht anheim geben könne; das mache es leichter.
Aber nun: Wie es den Angehörigen begreiflich machen? Das sei schon in deutscher Sprache schwer genug. Aber auf Französisch. Sprechen Sie Französisch? Ich verneine.
Dann stehe ich im sterilen Operationssaal am Tisch, der zur Bahre geworden ist. Ich stehe dabei, ich stehe bei. Ich brauche nichts zu sagen. Ein Händedruck genügt.
Die Mutter zieht ihren Ring vom Finger und steckt ihn an die Hand der Tochter, als wollte sie ihr Kind versiegeln auf dem Weg ins Jenseits. Sie küsst ihre Stirn und streichelt ihren Arm. Ein Augenlid ist noch leicht geöffnet. Die Blässe des Todes breitet sich über das schöne junge Antlitz.
Ich spreche das Vaterunser deutsch und die Mutter spricht es französisch mit.
Am liebsten hätte ich gerufen, wie Jesus das Töchter-

chen des Jairus gerufen hat: Talitha kumi! Mädchen, stehe auf!
Stattdessen spreche ich den Segen, zeichne das Kreuz auf die Stirn des Mädchens und besiegle ihren Tod.
Ein anderer, ein Höherer wird sprechen: Talitha kumi!

Kapitel 7

Miteinander unterwegs
Lukas 24

Zwei sind unterwegs, reden miteinander über das, was sie gemeinsam erlebt haben. Nehmen wir an: Die Geschichte spielt in unseren Tagen und der eine der beiden ist katholisch, der andere evangelischen Glaubens.
Sie reden über das, was sie gemeinsam bewegt: die Geschichte des Jesus von Nazareth, seine Worte, die zu Herzen gehen, seine Werke, die Herzen verwandelt haben, sein Leiden und sein Sterben.
Während sie über ihn reden, der evangelische und der katholische Christ, gesellt sich Jesus zu ihnen. Er geht neben ihnen, mit ihnen. Und sie erkennen ihn nicht, noch nicht! Noch erscheint er ihnen fremd. Sie müssen noch ein Stück weit miteinander gehen. Sie haben noch ein Stück Wegs vor sich, bis sie ihn erkennen. Aber sie werden ihn erkennen: beide, nicht einer allein. Noch liegt der Schatten des Kreuzes über ihnen. Was ist es, fragt Jesus, das euch so traurig macht?
Und nun, da sie spüren: Da ist einer, der hört uns wirklich zu, da schütten sie ihr Herz aus: Sie reden sich ihren Schmerz und ihren Kummer von der Seele. Sie reden von dem Verlust, den sie erfahren haben, von enttäuschtem Glauben und von zerbrochener Hoffnung. Und beide spüren, der katholische und der evangelische Christ, wie sie das verbindet: das gemeinsame Suchen und Fragen, das Kreuz, an dem sie mittragen: das Leiden an den Wunden dieser Welt. Sie spüren, wie die gemeinsame Sorge und das Leid in der Welt sie einander und auch Jesus näher bringt.

Ein langer Weg, der vor uns liegt, wird kürzer, wenn wir ihn miteinander gehen.

Sie kommen an, die beiden Wanderer, der evangelische und der katholische Christ. Noch rechtzeitig – das ist zu hoffen –, ehe die Sonne untergeht. Und sie nötigen den Fremden, der ihnen nun nicht mehr so fremd ist, hereinzukommen. Bleibe bei uns! Bleibe bei uns am Morgen wie am Abend dieses Tages! Bleibe bei uns auch am Abend unseres Lebens! Bleibe bei uns unterwegs und erst recht am Ziel! Und er geht mit. Und da sitzen sie beide: der katholische und der evangelische Christ und Jesus mitteninne.

Und da nimmt er das Brot, das tägliche Brot (nichts anderes), dankt und bricht es und gibt's ihnen. Und da fällt es ihnen wie Schuppen von den Augen und sie erkennen ihn beide. Sie haben ihn ja beide eingeladen.

Und sie gestehen's einander: Brannte nicht unser Herz, als er mit uns redete unterwegs? Brannte nicht unser Herz, als er das Brot mit uns teilte? Brennt es nicht noch immer?

Manchmal ist Gott unseren Fragen, Zweifeln, Skrupeln und auch unseren theologischen Diskussionen längst voraus. Wo wir Worte suchen, Begriffe spalten, Differenzen aufspüren – da gibt er uns ein Stück Brot zu essen und spricht: Teilt es und denkt an mich! Und auf einmal wird alles so einfach.

Guter Geist

Vom Geist Gottes rede ich
ungewiss ob der Geist Gottes
auch durch mich redet
und ich zähle auf
was dieser gute Geist alles vermag
trösten stärken kräftigen ermutigen
und bin nicht sicher
ob ich nun gerade
tröste stärke ermutige
aber in der vorletzten Reihe
lacht eine junge Frau
jauchzt zwischendurch auf
lehnt sich an ihren Vater
schmiegt sich an ihre Mutter
lallt lala und lächelt
fühlt sich zuhause
und freut sich
über Kerzen Singen Orgelklang
lacht wie ein Kind
im Schoß seiner Eltern
hat nicht viel verstanden
von dem was ich sagte
über Gottes guten Geist
hat aber doch ihn gespürt
getröstet und geborgen

Pfingsten

Der Weg zur Kirche wurde gepflastert. Zwei junge Arbeiter klopften die Steine zurecht, ein Deutscher und ein Türke. In der Arbeitspause, wohlverdient, fragte der Türke nach den Namen der Wochentage und der Kollege zählte sie langsam auf: Montag, Dienstag, Mittwoch ... lauter Arbeitstage. Dann zog der Deutsche sein kleines Handlexikon Deutsch – Türkisch aus der Tasche und lernte die Zahlen von eins bis zehn: bir, iki, üç, dört, beş, alti, yedi, sekiz, dokuz, on. Er sprach laut, kaute die Zahlen und verleibte sie sich ein wie Brot und Wurst, seine Vesper. So, dache ich mir, wird der Weg zur Kirche gepflastert. Mehr noch: der Weg von Mensch zu Mensch.

Kapitel 7

Wo sind die anderen fünf?

Manchmal habe ich Lust, eine biblische Geschichte neu zu erzählen. Sie – wie man so sagt – gegen den Strich zu bürsten. Derselbe Anfang, aber ein anderes Ende. Zum Beispiel die Geschichte von den zehn Jungfrauen, die der Evangelist Matthäus (25) erzählt. Hätte sie nicht auch anders ausgehen können?
Zehn junge Frauen machen sich auf den Weg, um dem Bräutigam entgegen zu gehen. Ein Hochzeitsbrauch. Sie nehmen ihre Öllampen mit, die den Weg in der Nacht erhellen. Funkelnde Lichter, die durch die Nacht tanzen wie die Sterne am Himmel.
Ich könnte an dieser Stelle an den Glauben erinnern, der wie ein Licht den Lebensweg erhellt. Ich könnte auch daran erinnern, dass Christus wie ein Bräutigam der menschlichen Seele entgegen kommt und dass es der Seele gut tut, ihm ein Stück des Weges entgegen zu gehen. Mit Singen und Beten, mit Loben und Danken. Auch wenn uns diese Lichter mitunter auszugehen drohen. Ich bin ja selbst nur ein kleines Licht.
Während ich darüber nachsinne, haben sich die zehn jungen Frauen niedergelassen. Fünf von ihnen waren klug, heißt es, fünf töricht. Wieso klug, wieso töricht? Sind sie nicht alle zehn müde geworden und schließlich eingeschlafen?
Sie haben sich niedergesetzt. Sie haben ihre Mäntel fester um den Leib geschlagen, um nicht zu frieren. Die Augen sind ihnen zugefallen. Denn nicht nur Gehen, vor allem Warten macht müde. Warten auf einen geliebten Menschen lässt die innere Spannung steigen. Bleibt er länger aus, schlägt die Spannung

um in Müdigkeit, in Enttäuschung. Wohl auch in Sorge und Angst: Es wird ihm doch nichts zugestoßen sein!
Dann aber um Mitternacht fröhliches Rufen und Singen, das näher rückt, lauter und deutlicher wird. Der Bräutigam kommt, begleitet von seinen Freunden – Männer unter sich. Die Frauen schrecken hoch, reiben sich die Augen, wischen sich den Schlaf aus den Augenwinkeln, greifen nach ihren Lampen, die gerade noch eben flackern.
Fünf haben vorgesorgt. Sie gießen rasch Öl nach aus den bereitgehaltenen Gefäßen. Die anderen fünf stehen leer da. Gebt uns doch von eurem Öl ab, bitten sie, unsere Lampen verlöschen! Die Klugen lehnen ab. Nein, dann reicht es für uns und für euch nicht! Geht doch zum Krämer!
Mitten in der Nacht? Da schwingt auch ein wenig Häme mit, Eigensinn und Ich-Bezogenheit. Haben sie denn nicht die Erfahrung machen können, dass man mit fünf Broten und zwei Fischen eine ganze Gemeinde sättigen kann? Sollte da nicht auch das Öl reichen, wenn eine die andere an der Hand nimmt?
Ich erzähle zunächst, wie die Geschichte bei Matthäus ausgeht: Da laufen die fünf Törichten, die nicht beizeiten vorgesorgt haben, so schnell sie können, zum Krämer, wecken ihn und lassen sich in Eile die leeren Gefäße füllen. Atemlos laufen sie zum Brauthaus und finden das Tor verschlossen. Jubel dringt heraus. Sie klopfen und rufen, so laut sie können: Tut uns auf! Herr, tu uns auf!
Endlich öffnet sich die Tür, nur einen Spalt. Der Bräutigam schaut kurz heraus. Er mustert die Verspäteten flüchtig: Ich kenne euch nicht! – und schließt die Tür.

Wer hat das nicht auch schon erlebt, dass ihm die Tür vor der Nase zugeschlagen worden ist? Verspätet um wenige Minuten. Zurückgewiesen. Bitten half nicht. Draußen vor der Tür! Eine bittere, eine schmerzliche Erfahrung. Vielleicht rufen die draußen dem Bräutigam nach: So kennen wir dich gar nicht!
Ich kann Jesus in der Gestalt des Bräutigams nicht wiederfinden. Hat er nicht gesagt: Ich bin das Brot. Ich bin das Licht. Ich bin die Tür. Gottes Barmherzigkeit hält die Tür zum himmlischen Hochzeitssaal immer einen Spalt weit offen.
Ich suche mir einen anderen Schluss für die Geschichte. Schauen wir noch einmal auf die klugen Frauen, die vorgesorgt haben. Sie haben den Docht ihrer Lampen geputzt, fühlen sich wohl auch selbst geputzt. Aus ihren Vorratsgefäßen haben sie Öl nachgegossen. Ihre Öllampen flackern munter im Wind. Stolz und selbstgefällig tragen sie ihre Lichter vor sich her – dem Bräutigam entgegen.
Der schaut sie an und fragt: Ihr seid nur fünf? Wo sind die anderen fünf? Seid ihr nicht zehn gewesen? Hat sich keine von euch gefunden, die umgekehrt wäre, um eine andere, der das Licht ausgegangen ist, an der Hand zu nehmen? Keine kommt alleine in den Festsaal, die nicht noch eine andere mitbringt.
Die Klugen zögerten. Sie verstanden nicht. Da nahmen die Törichten die Klugen an der Hand und führten sie hinein in den geschmückten Saal, in dem Brot und Wein auf sie warteten und ein fröhliches Hallo – Halleluja sie empfing.

Der Bücherwurm

Mein Urgroßvater, offenbar ein Bücherwurm, hat mir eine Hauspostille hinterlassen für alle Sonn- und Festtage im Kirchenjahr, Evangelienpredigten Martin Luthers, welcher denn auch auf der ersten Seite seinen Finger auf das Wort der Heiligen Schrift legt. Die Familienchronik am Anfang des Buches lässt mich wissen, wann mein Vorfahr geboren worden ist: 1850 – da war an mich noch lange nicht zu denken. Beim Blättern in dem vergilbten Buch entdecke ich, dass sich ein Holzwurm, sagen wir: ein Bücherwurm, durch die Blätter gegraben hat, Gänge gezogen wie durch die Rinde eines Baumstamms oder Stammbaums, justament dort, wo geschrieben steht

dass Trübsal Geduld bringet
Geduld aber bringet Erfahrung
Erfahrung aber bringet Hoffnung
Hoffnung aber lässet nicht zuschanden werden[19]

Bis zum Ewigkeitssonntag ist der Bücherwurm freilich nicht vorgedrungen.

---

19 Römer 5: von Luther zitiert bei der Auslegung des Gleichnisses von den klugen und törichten Jungfrauen (Matthäus 25).

Eine Weihnachtsgeschichte schreiben

Ein Preisausschreiben kann ich leider nicht anbieten. Aber in der vorweihnachtlichen Zeit suchen oft Zeitungen für ihre Extrabeilage ein Weihnachtserlebnis, das unvergessen geblieben ist.
Nun, es könnte ja auch ein kleinerer Leserkreis sein. Eine Geschichte für den Familienkreis. Ein Erlebnis aus Kindheitstagen, den erwachsenen Kindern ins Gedächtnis gerufen, auch für die Enkel zum Vorlesen gedacht. Eine Erinnerung an ein gelungenes, fast misslungenes oder gerade eben noch gerettetes Weihnachtsfest.
Das lässt sich ohne viel Aufhebens erzählen. Ohne Gefühlsüberschwang, einfach und sachlich und mit einer kleinen Prise Humor.
Als anregendes Beispiel biete ich meine Kurzgeschichte an: Der gerettete Christbaum.

Der gerettete Christbaum

Unser Weihnachtsbaum stand gewöhnlich in der Küche, nicht im Wohnzimmer, das im Winter kalt blieb, da wir Kohlen sparen mussten. Meine Mutter schmückte ihn mit bunten Glaskugeln, mit Lametta, das silbern glänzte, und mit einem Stern an der Spitze. Auch metallisch glänzende Vögel mit Seidenschwänzen beherbergte unser Baum. Zu seinen Füßen stand eine aufklappbare Krippe aus Pappe. Die Könige, die ihre Knie vor dem Krippenkind beugten, sehe ich noch heute vor mir.

Ich stand draußen vor der Küchentür und wartete, bis alle Kerzen angezündet waren, deren Lichtschein durch ein Kristallglas in der Tür gebrochen wurde. Wenn das Glöcklein tönte, durfte ich die Küche betreten. Die alltägliche Stube erstrahlte im Lichterglanz des Baumes und mir war ganz eigen zumute, wenn meine Eltern das vertraute Lied „Stille Nacht" anstimmten.

Einmal hatte es vor Heiligabend Streit gegeben. Den Anlass weiß ich nicht mehr. Vor Weihnachten sind ja alle Menschen angespannt und die frohe Erwartung kann jäh umschlagen in Ärger oder in ein unbedachtes Wort: Hast du? Du hättest doch! Warum hast du nicht?

Ich spürte, wie auf einmal das Fest, auf das ich mich so gefreut hatte, gefährdet war. Der Heiligabend war da und wir hatten noch keinen Baum im Haus. Und wer weiß, ob es in der Stadt noch Bäume zu kaufen gab und ob nicht die Händler da und dort bereits ihr Geschäft geschlossen hatten.

Weihnachten – ohne den Lichterbaum! Das durfte

nicht sein. Ich bedrängte meine Eltern so lange, bis sich mein Vater auf den Weg machte und doch noch einen Baum nach Hause brachte, findig wie er war.

Das Bäumchen war vermutlich krüppeliger als in vergangenen Jahren. Und doch: Als die Lichter in seinen Zweigen leuchteten, fiel mir ein Stein vom Herzen.

Ich ahnte, vielleicht zum ersten Mal, wie gefährdet das Wunder der Weihnacht war, und ich begriff, dass ein kleiner schmächtiger Baum, zur rechten Zeit gefunden, schöner leuchten kann als die stolzeste Tanne.

Kapitel 8

Begegnung und Beziehung

Und dann und wann trifft dich
ein Blick

Begegnung
Augenblick
Begegnung
Gestreichelt
Terra incognita
Du am Nordkap
Über die Liebe
Beziehungskrise
Möwen
Gebet eines Kaktus
Ein Krug
Eheringe
Heilpflanzen
Ehelied für reifere Jahrgänge
Auf einer Brücke
Blick über den Gartenzaun
Aufeinander zugehen

Begegnung

Ist es nicht so, wie ich es in dem nachfolgenden Gedicht zu sagen versuche: Dann und wann trifft dich ein Blick und der geht noch tiefer als ins bloße Auge ... Bisweilen genügt wirklich nur ein Augen-Blick.
Aus einer solchen Begegnung kann sich eine Beziehung entwickeln; muss aber nicht. Für einen Augenblick sind zwei Menschen einander nahe gekommen, um dann wieder ihren eigenen Weg weiter zu gehen. Aber etwas vom anderen geht mit.
Jeder Mensch gleicht einem eigenen Kontinent, terra incognita, noch unbekanntes Land, das zum Entdecken reizt. Und hoffentlich bleibt auch bei einer festen Partnerschaft oder einer langjährigen Ehe noch ein Stück Fremdheit, die eine Beziehung lebendig erhält. Die Nähe ist immer wieder neu zu finden und der Abstand, den jede/r braucht, auch auszuhalten.
Konflikte und Krisen bleiben nicht aus. Sie gleichen einer Wetterfront und ihre Schilderung einem Wetterbericht. Siehe gleichnamiges Gedicht! Tiefs und Hochs haben auf unseren Wetterkarten abwechselnd weibliche und männliche Namen.
Selbst Enttäuschungen haben ihr Gutes; man wird von einer Täuschung befreit: Ent-Täuschung.
In jedem Leben gibt es wie in einem Krug feine Risse, vielleicht auch nur Haarrisse. Die äußeren lassen sich nicht verbergen; die inneren, die schmerzlicheren, die nicht so leicht zugänglich sind, sieht Gott. Das ist die schlichte Botschaft des kleinen Gedichtes „Ein Krug", den ein vertrauter Mensch in Händen hielt.
Es gibt solche dichten Augenblicke im Leben.
Immer ist auch Heilendes im Leben, Gott sei Dank!

Der Volksmund hat so manchem Kräutlein einen vielsagenden, Heilung versprechenden Namen beigelegt. Ich bin durch einen Kräutergarten gegangen und habe mich über die bunten tröstlichen Namen gefreut. „Augentrost" ist ein solcher Name, der einer unscheinbaren Pflanze gilt. Was könnte im Alltag mein Augentrost sein?

Dass wir im Leben auch ernten dürfen, davon handelt in wenigen Zeilen das schlichte Gedicht „Blick über den Gartenzaun".

Was uns die Sprache enthüllt: In dem Wort *Begegnung* versteckt sich das Wort *gegen:* Es taucht auf in der *Gegenwart* des anderen, in seinem oder ihrem *Gegenüber*. Ich erfahre das Wort des anderen als *Entgegnung,* sei es zustimmend, beipflichtend oder eben entgegnend. Das belebt die Beziehung.

Wir knüpfen im Leben ein Netz von Beziehungen, das uns einbindet und im Ernstfall auch trägt. Jede Beziehung beruht auf Gegenseitigkeit. Ich gehe auf den anderen zu und hoffe auf sein Entgegenkommen. Auch Liebe sehnt sich nach Gegenliebe.

Bei einer Begegnung denken wir zunächst an einen Menschen, der uns näher kommt. Aber Begegnungen erfüllen sich auch in anderen Lebensbereichen. Ich kann einem Kunstwerk begegnen: in Gestalt und Farbe, in Wort und Ton. Es kann mich tief anrühren. Eine Landschaft nimmt mich auf und wird Teil von mir. Ich gehöre ihr zu. Der gestirnte Himmel über mir – er begegnet mir so, dass mich eine Ahnung des Unendlichen ergreift. Mir selbst kann ich begegnen im Anruf des Lebens: Sei du selbst! Sei, der du bist! Sei, die du bist. Ein Ruf zur Menschlichkeit.

In allem, was uns widerfährt und in der Tiefe unseres Herzens anrührt, ist Gott mit dabei. Mitteninne. Es kann auch die Not eines Menschen sein, durch die Gott mir begegnet. „Was ihr den Geringsten unter meinen Brüdern und Schwestern getan habt, das habt ihr mir getan", sagt Jesus (Matthäus 25,40). Natürlich sind Brüder und Schwestern gemeint.

Augenblick

Und dann und wann
trifft dich ein Blick,
der geht noch tiefer
als ins bloße Auge.
Es ist, als rief er
dir Vergangenes zurück.
Kein Schlag der Pauke,
ein leiser Ton nur,
der dein Herz bewegt,
wie Licht sich über Schatten legt,
damit du weißt,
wofür dein Leben tauge.

Begegnung

Bisweilen
berühren sich zwei Lebenskreise
und eine helle Weise
zieht dir durch's Gemüt
und einem Wunder gleich
ganz leise
im Herzen eine Blume blüht.
Sie blüht an einer Stelle,
wo du die Quelle
glaubtest längst versiegt.
Nun blüht sie,
wo der Wind sie wiegt.
Du fühlst dich reich,
vom Himmel so beschenkt,
als hätte eine höhre Hand
die Schritte dir gelenkt.

Gestreichelt

Wie es der junge Kater
genießt
sich kraulen zu lassen
Hals Rücken Bauch
mit frischer Jagdlust
springt er in den Garten –
Wie es der kleine Junge
genießt
sich streicheln zu lassen
Stirn Brust Bauch
von den kosenden Fingern
seiner jungen Mutter
in zwei Jahren
will er zur Schule gehen
voller Abenteuerlust –
Ach ginge es doch
noch mehr Kindern
so gut
wie jenem kleinen Kater

Terra incognita

Jeder Mensch
ein eigener Stern
ein Kontinent
terra incognita
noch zu entdecken
indem
ich mich selbst entdecke
warum zum Mond fliegen
oder in fremde Länder
Du selbst
bist mir eine Reise wert

Du am Nordkap

Du am Nordkap
ich am Kap
der guten Hoffnung
über uns
der gleiche Himmel
in der Ferne
bist du mir nah

Über die Liebe

Ich habe
ein Gedicht
geschrieben
über die Liebe.

Nun ist das Blatt
zerknittert
und zerknickt.

Wie
bügle ich es
wieder aus?

Beziehungskrise

Nach anhaltendem Hoch
erste Randstörung
zunehmende Bewölkung
ausgedehntes Tief
stürmische Winde
Gewitterneigung
Abkühlung
mit weiteren Niederschlägen
ist zu rechnen
nur gelegentlich
Aufheiterungen
wie lange noch
ein Zwischenhoch
deutet sich an
von den Inseln
des Verstehens

Möwen

Bin Zuschauer
an der Ufermauer:
Jemand streut Brot
für Vögel in Not,
wie er meint –
doch die Möwen
einander feind
kämpfen wie Löwen.
Schnäbel wie Säbel,
zwicken und zwacken,
ducken den Nacken,
picken und hacken,
zanken und zetern
mit gespreizten Federn,
besonders eine
stichelt, lässt keine
andre ans Fressen,
hat darüber vergessen,
zu nicken und selber zu picken,
bloß dem andern nichts gönnen –
ob wir's besser können?

Gebet eines Kaktus

Mein Gott, ich liebe meine Stacheln und ich zeige sie.
Sie gehören zu mir, sie sind ein Teil von mir.
Meine Stacheln sollen Eindruck machen.
Ich weiß, ich bin spitz:
Ich habe eine spitze Zunge
und versetze gerne Nadelstiche.
Wenn mir einer zu nahe kommt, wehre ich mich.
Ich möchte nicht aufgefressen werden,
auch nicht in Liebe.
Mein Gott, ich sehe mich vor.
Wenn sich jemand an mir sticht,
ist er selber schuld.
Wäre er mir nicht zu nahe gekommen!
Hätte er mich nicht angefasst!
Ich zeige meine Stacheln nicht umsonst.
Ich meine es ernst.
Und doch, Herr,
du weißt, wie es in mir aussieht,
unter all meinen Stacheln:
wie weich ich im Grunde bin und wie verletzlich!
Darum zeige ich ja meine Stacheln,
weil ich Angst habe, verletzt zu werden.
Herr, unter all meinen Stacheln sehne ich mich danach,
betrachtet und betreut zu werden.
Ich bin froh über jeden, der mich liebt
trotz und mit meinen Stacheln.

Ein Krug

Sie hielt
einen Krug
in Händen
und wies
mit den Augen
auf die Sprünge
außen
die inneren
sagte sie
sieht nur Gott

Eheringe

Seine Urgroßeltern
hatten ihm ihre Eheringe
hinterlassen
mehr nicht
sie lagen mattgold
in einer Schatulle
warum nicht
ihr Gold versilbern
dachte er
und ließ sie einschmelzen
er bekam eine Mark
und 78 Pfennig
der Rest Kupfer
unbedeutend
da begriff er
dass Gold in einer Ehe
aus anderem Stoff
ist

Heilpflanzen

Sonnenhut für heiße Tage,
ausruhen unter dem Faulbaum,
Wegwarte,
die mich Geduld lehrt,
auf dem Konto
Tausendgüldenkraut,
Goldlack, nicht alles
Gold, was glänzt,
Jasmin und Arnika,
ein Mädchenlächeln,
Augentrost im Alter,
Balsamkraut und Liebstöckel
Eheleuten zugedacht,
nicht zu vergessen
Engelwurz
aus dem Paradiesgarten,
das will wachsen,
hoffend zuletzt
auf Himmelsschlüssel.

Ehelied
für reifere Jahrgänge

Zwei Bäume
auf weiter Flur
jeder an seinem Ort
mit festem Stamm
und ausladenden Ästen
nur die Zweige
berühren sich
wenn der Wind
durch die Krone streift
jeder an seinem Ort
standhaft und biegsam
zugleich
miteinander
schon manchem Sturm getrotzt
und in der Tiefe
die Wurzeln
ineinander verschlungen
jeder an seinem Ort

Auf einer Brücke

Ich steh mit dir auf einer Brücke:
von ferne hör ich schon den Zug,
der jetzt in diesem Augenblicke
schon um die nächste Kurve bog.

Dicht unter uns, da braust er weiter
auf seiner vorgegebnen Spur;
er spuckt noch Rauch in unsre Kleider
und eilt dahin durch Wald und Flur.

Noch hören wir sein fernes Rauschen,
es zittert leise das Geleis –
dann ist es stille und wir lauschen ...
Wohin geht unsre Lebensreis'?

Blick über den Gartenzaun
Adam und Eva

Er pflückt
die Äpfel
vom Baum
sorgsam.

Sie legt sie
in den Korb
behutsam.

Ernte einer Ehe.

Aufeinander zugehen

Die folgende Übung, die ich empfehle, sollte möglichst in der Gruppe und unter Anleitung eines aufmerksamen Begleiters durchgeführt werden.
Zwei Mitglieder der Gruppe stehen sich in gehörigem Abstand gegenüber und gehen langsam aufeinander zu. Dabei sollte Augenkontakt gehalten werden. Je näher sie einander kommen, desto behutsamer sollten sie ihre Schritte einteilen.
Es gibt einen Moment, einen Abstand, in dem es für beide stimmt. Dieser Abstand will erst gefunden werden. Vielleicht ist noch ein halber Schritt möglich; vielleicht bin ich dem anderen schon zu nahe getreten oder auf die Pelle gerückt und ich gehe eine Handbreit zurück.
Der Abstand, der schließlich gefunden wird und der beiden angenehm ist, verändert sich „laufend". Mal ertragen wir mehr Nähe, suchen sie auch, ein andermal suchen wir mehr Abstand, auch um den anderen/die andere besser wahrnehmen zu können.
Noch eine überraschende Erfahrung lässt sich bei dieser Übung machen: Wenn beide einander so nahe gekommen sind, dass sie sich schließlich umarmen, verlieren sie sich in der Umarmung aus den Augen.

Kapitel 9

Lebenszeit

Wir werden täglich neu geboren

Zeitlebens
Aus tiefem Brunnen
A und O
Adam
Ein kleines Boot
Lebensmitte
Träume mit 50
Leises Erschrecken
Zeit vergessen
Anschluss
Mütter
Der alte Pflastermaler
Auf der Suche
Verwirrt
Späte Liebe
Erinnerung zur Güte
Wer weiß
Gebet einer Uhr
Meine Sonnenuhr
Zeit-Worte

Zeitlebens

Die Zeit ist ein Geheimnis. Man versuche einmal einem Kind zu erklären, was Zeit ist. Der Kirchenvater *Augustinus* (gestorben 430) hat gelegentlich gesagt, wenn er nicht gefragt werde, dann wüsste er's. Wenn man ihn aber frage, wüsste er nicht zu antworten.
Die Zeit kann man messen. Die Stechkarte zeichnet die Arbeitszeit auf. Im Sport entscheiden Bruchteile einer Sekunde über Sieg und Niederlage.
Von der messbaren Zeit zu unterscheiden ist das subjektive Zeitgefühl, unser Zeitempfinden. Manchmal scheint die Zeit stehen zu bleiben, dann wieder scheint sie uns zu entfliehen. Wir fragen uns am Ende eines Tages, wo die Stunden geblieben sind, und im Alter, wohin die Jahre und all die Monate der Jahre (habe ich sie schon mal zusammengezählt?) entschwunden sind. Auf einer Sonnenuhr las ich: *Die Stunden vergehen langsam, die Jahre verfliegen schnell.*
Unsere Zeit ist schnelllebiger geworden. Die Zeit drängt. So scheint es. In Wirklichkeit sind wir es selbst, die drängen und uns drängen lassen. Wie oft schauen wir im Laufe eines Tages auf die Uhr? Wie oft während eines Gespräches, wenn wir in Eile sind? Die Uhr hängt an unserem Handgelenk, aber zugleich ist unser Handgelenk an die Uhr gefesselt. Ich habe mir angewöhnt, öfter einmal die Uhr abzustreifen und auf meine innere Uhr zu hören.
Man sollte wenigstens so viel Zeit haben, sich von Zeit zu Zeit etwas Zeit zu nehmen: für sich selbst und für den Menschen, der uns braucht. Als ich einmal zu wenig Zeit für die Familie hatte, kamen mei-

ne Töchter schalkhaft lächelnd in die Sprechstunde des Pfarramtes. Es hat mich auch angerührt, als mein Enkel, damals fünf Jahre alt, mich fragte: Hast du Zeit für mich? Er meinte Zeit zum Spielen.

Es scheint, dass Frauen ein anderes Verhältnis zur Zeit haben als Männer. Beim Zug der Zeit zählen Männer die Meilen, die Frauen aber die Haltestellen. Das hat immerhin ein Mann gesagt.

Zeit ist kostbar. Je älter wir werden, desto kostbarer wird sie. Lebenszeit ist ein Geschenk Gottes. Geschenkte Zeit. Darum gilt das 5. Gebot: Du sollst die Zeit nicht totschlagen (Erich Kästner). Nimm sie jeden Morgen neu und dankbar aus Gottes Händen.

Es gibt im Leben – Gott sei Dank – immer wieder auch erfüllte Zeit. Augenblicke, die angefüllt sind mit Liebe, Güte und Wahrheit, erfüllt von Freude. Momente, in denen unerwartet der tiefere Sinn des Lebens aufscheint. Wie durch ein Fenster scheint Ewigkeit in die Zeit herein. Ewigkeit ist nicht die ins Unendliche wie eine Linie ausgezogene Zeit, sondern erfüllte heilsame Zeit.

Wir arbeiten und schaffen, als ginge morgen die Welt unter, und zugleich leben wir, als würden wir ewig leben.

Ein Sterbender sagte zu seinen Angehörigen: Es sind so viele Uhren im Zimmer, räumt doch die Uhren hinaus, überall nur Uhren! Sterbende sprechen manchmal verschlüsselt in Bildern. Da sein Lebensschiff im Begriff war, sich vom Ufer der Zeit abzustoßen, hatte er offenbar erfasst, was es geschlagen hatte. Am Sterbebett eines lieben Menschen ahnen auch die Angehörigen, dass sich hinter der vergehenden Zeit das Geheimnis der Ewigkeit ankündigt.

Auf einer Sonnenuhr las ich:

Die Zeit ist kurz, o Mensch,
sei weise und wuchere mit dem Augenblick;
nur einmal machst du diese Reise,
lass eine Segensspur zurück!

Aus tiefem Brunnen

Tief ist der Brunnen[20]
der Vergangenheit
und eingegraben
hat die Zeit
in unser Herz
des Lebens Runen
was wir gewonnen haben
was wir verloren
die Freude und den Schmerz
wir werden
täglich neu geboren
auch wenn auf Erden
keiner ungeschoren
durchs Leben geht
bisweilen weht
ein Hauch der Ewigkeit
in unsre schmal bemessne Zeit
du blickst zurück
und schöpfst das Glück
währt es auch nur
den kurzen Augenblick
wie Wasser bei der Kur
aus tiefem Brunnen

---

20 „Tief ist der Brunnen der Vergangenheit, sollte man ihn nicht unergründlich nennen." So beginnt der lesenswerte tiefgründige Roman von Thomas Mann „Joseph und seine Brüder".

A und O

Alpha und Omega
in Bronze gegossen
umschließen das Kreuz
auf dem Grabstein
und da zwischen
Alpha und Omega
nur eine Handspanne
getrennt voneinander
da zwischen Anfang und Ende
kriecht eine Schnecke
lässt sich Zeit
hält inne
kriecht
und ist bald am Ziel
die Schnecke
mit ihrem Haus
auf dem Rücken
unser Leben

Adam

Von Adam und Eva
hatte ich schon gehört,
da war ich noch ein Kind,
drei oder schon vier Jahre alt.
Damals im Nachbargarten
meiner Großeltern
werkelte ein hagerer Mann –
ich sehe ihn noch vor mir –,
der Adam hieß,
nicht mehr der Jüngste
und auch nicht schön
wie jener Adam im Bibelbilderbuch,
doch hieß er Adam
und sonst hieß niemand,
den ich kannte, so.
Voll Scheu blickte ich
in sein Gesicht,
darunter am Hals
der Adamsapfel hüpfte.
Seine Eva sah ich nicht,
wohl aber, wie er liebevoll
den anvertrauten Garten pflegte,
darin die Lampions
der Judenkirsche strahlten;
manchmal nahm ich eine mit
aus seinem Paradies.
So also sah der Adam aus,
den Gott geschaffen hatte,
gar nicht auffällig,
eben so wie andere Gartenleute.
Da ahnte ich als Kind,

was später ich begriff:
dass jedermann
ein Adam sei
und jede Frau ihm zugesellt
auch Eva.

Ein kleines Boot
Erster Schultag

Ein kleines Boot
kaum größer als zwei Hände
die es fassen
und ins Wasser gleiten lassen
alles von Hand
das Holz verwittert
schäbig roter Rand
das Segel arg zerknittert
doch recht geschickt
vom Vater welcher Segler ist
geflickt
die Mutter hatte schon damit gespielt
ein Wunder dass das Boot
so lange hielt
es schaukelt noch recht munter
nun geht es bald
auf große Fahrt
der erste Schultag naht
die Welt wird kunterbunter
die Leine wird gekappt
der Ranzen voller Bücher
wird geschnappt
ein letztes Winken
bunte Tücher
die erste Kindheit
wird versinken
die Kindergartenzeit verjährt
der erste Schnitt der Zeit
das nächste Ufer ist noch weit
das Schifflein fährt

durch manchen Sturm
und sei er noch so toll
man sieht den Leuchtturm
in der Ferne blinken
hoffnungsvoll ...

Kapitel 9

Lebensmitte

Wir unterscheiden eine räumliche und eine zeitliche Lebensmitte. Die räumliche wiederum lässt sich teilen in eine innere und eine äußere Mitte.
Die äußere ist jene Mitte, um die sich unser Leben im Alltag dreht, in Familie, Beruf und Freizeit.
Die innere Mitte ist jener Ort in uns selbst, aus dem wir Kraft für unser Leben im Alltag und in besonders kritischen Zeiten unseres Lebens empfangen. Der Ort, wo wir in uns selbst ruhen und in dem wir Gott nahe sind und Gott uns.
Die Lebensmitte hat nicht nur einen räumlichen, sondern auch einen zeitlichen Aspekt. Wir meinen damit die Mitte unserer Jahre, eben unserer Lebenszeit. Rein statistisch liegt diese Mitte bei ständig wachsender Lebenserwartung in der Zeit um das 40. Lebensjahr. Nur weiß natürlich niemand, wie lange er oder sie jenseits dieser fiktiven Lebensmitte noch zu leben hat.
Um das 40. Lebensjahr ist gewöhnlich das berufliche Lebensziel abgesteckt. Die Kinder werden selbständig und drängen aus dem Haus. Die Partnerschaft ist neu zu bestimmen. Gesundheitliche Defizite machen auf sich aufmerksam und erinnern uns an die Grenzen unserer Belastbarkeit.
In der zeitlichen Mitte des Lebens sind wir aufgerufen, nach der inneren Mitte unseres Lebens zu fragen.
Die Fragen in der Lebensmitte werden mitunter krisenhaft erlebt: Wofür habe ich bislang meine ganze Arbeits- und Lebenskraft eingebracht? Was davon hat Bestand? Auch über die biologisch gesetzte

Grenze meines Lebens hinaus? Wie weit bin ich gekommen, wo stehe ich, wohin gehe ich? Welche Ziele im Leben setze ich mir noch? Welches ist mein letztes Lebensziel? Solche Fragen drängen sich selbst dem auf, der vor besonderen Schicksalsschlägen verschont geblieben ist. Im Grunde sind es religiöse Fragen.

Der äußere Erfolg im Leben kann letztlich keine befriedigende Antwort geben. Wichtig wird zunehmend der innere „Erfolg". Wer bin ich als Mensch? Bin ich an Erfolgen und vor allem an Misserfolgen gewachsen? Kenne ich meine Schwächen, meine Schattenseiten? Bin ich verträglich? Mitteilsam und Anteil nehmend? Verständnisvoll? Barmherzig in meinem Urteil über andere Menschen? Gelassener in meinen Reaktionen?

Hilfreich ist eine Aus-Zeit. Abstand vom Alltag. Ein Urlaub, der nicht mit sightseeing vollgepackt ist. Ein Spaziergang am Strand, eine Wanderung in den Bergen, eine Zeit der Stille im Kloster, ein Gespräch mit einem Freund, der zuhören kann.

In dem folgenden Gedicht „Träume mit 50" wird die längst fällige, neu auszurichtende Orts- und Zeitbestimmung eines arbeitsreichen Lebens offenbar. Der Wunsch, nicht gänzlich in Beruf und Arbeit aufzugehen, die Dinge einmal auf Abstand zu sehen.

In seinem Fall ist es die Sehnsucht nach Stille und Erholung in der Begegnung mit der Natur. Ja sogar der Wunsch, die Welt einmal von oben aus der Vogelperspektive zu sehen. Dazu muss man natürlich nicht unbedingt einen Kurs im Gleitschirmfliegen machen. Der Blick von einem Berggipfel täte es auch: der Blick hinunter ins Tal, wo das geschäftige Treiben an das Kribbeln und Krabbeln eines Ameisenhaufens erinnert.

In dem beschriebenen Fall hat offenbar die Frau den äußeren Druck und die innere Seelenlandschaft ihres Mannes gut erfasst und positiv reagiert – ein Zeichen für verständnisvolle Partnerschaft. Beide werden die Krise meistern.

Träume mit 50

Einmal zwischen Himmel und Erde
schweben
die Welt von oben schauen
nicht gefesselt an Computer
eilige Lieferaufträge
lästige längst fällige Gespräche
mit nachlässigen Mitarbeitern
lieber eine solide Beratung
bei dankbaren Kunden
und dann mit dem Mountain-Bike
auf langen einsamen Waldwegen
keine Menschenseele
dem Flug der Gabelweihe
nachträumend –
nun hat ihm seine Frau
einen Schnupperkurs
im Gleitschirmfliegen
geschenkt

Leises Erschrecken

Bin den stillen Pfad
im Wald gegangen,
hart am Tobel,
wo die Vögel sangen.

Da – ein Baumstumpf,
noch im frischen Schnitt!
spür den Schlag der Axt, so dumpf,
den er jüngst erlitt.

Ist mir selber weh,
wie ich auf den Stumpf nun steige
und im Kreis der Ringe steh,
ihnen zu mich neige,

tastend ihre Spur nachfahre –
und so zähl' ich Ring um Ring:
ach, die Zahl, die ich erbring,
ist die Zahl auch meiner Jahre.

Vieles geht mir durch den Sinn,
froh, dass ich am Leben bin.

Zeit vergessen

Genug Zeit eingeplant
zur Abfahrt des Zuges
dann aber Umleitung
weiträumig zeitraubend
dichter Verkehr
Ampelstopp
nur keinen Fahrfehler
vergiss die Zeit nicht
am Bahnhof
fährt gerade der Zug ein
geschafft
Zeit härteste Realität
im Leben – wirklich?
Eine Stunde später
Waldspaziergang
munteres Plätschern
eines Baches
Marienquelle
Rauschen der Wipfel
heller Vogelruf
Gaukelspiel eines Falters
zeitvergessen

Anschluss

Ich sitze im Flugzeug.
Rückflug von Istanbul
nach Frankfurt.
Die Startbahn noch nicht
frei gegeben.
Noch sieben Flugzeuge
warten vor uns.
Und ich brauche doch
den Anschlusszug
direkt am Flughafen.
Der Stewart gibt höflich
Auskunft: Nebel,
Sicherheit, Geduld.
Die beiden Türken
in der Reihe vor mir
drehen sich lächelnd um:
Inschallah – so Gott will!
Ich habe Anschluss
bei ihnen gefunden.

Mütter

Sie zählt bereits
über hundert Jahre
und kehrt zurück
in ihre Kindheit.
Wo ihre Mutter sei?
Die Tochter liebevoll:
Sie ist im Himmel
und wartet auf dich.

Der alte Pflastermaler

Auf die Münzen
die in die Schale fielen
achtete er nicht.
So vertieft war er
in den nächsten Kreidestrich.
Kniete da mühsam
in seinem abgewetzten Mantel
winters wie sommers
neben sich eine Schachtel
voll abgegriffener Kreiden
eine Kunstkarte zur Vorlage.
Bald blickten aus dem Asphalt
die traurigen Augen eines Knaben
der angelehnt an Obstkisten
einen Apfel aß.
Dann kam der Gewitterregen
verwischte die Linien
und löschte die Farben.
Alles verschwommen und verwaschen
doch noch am Abend
blickten die traurigen Augen des Kindes
aus dem Aspahlt so deutlich
daß Passanten auswichen –
noch seh' ich seine Augen.

Auf der Suche

Sie steht an der Garderobe
vor dem Speisesaal
und mustert meinen Mantel.
Ob er ihr gehört?
Sie sucht
die Initialen am Kragen.
Hochbetagt
mitunter leicht verwirrt
lebt sie in ihrer eigenen Welt.
Sie musste umziehen.
Nun sucht sie
ihre Siebensachen.
Sie lächelt:
Alles fehle,
der Mantel, die Strickjacke, der Schal
aber –
sie legt die Hand aufs Herz –
Gott da drinnen
ist noch da.

Verwirrt

Leicht verwirrt ist sie
in letzter Zeit
dennoch heiter gestimmt
zeigt mir einen Schlüssel
der am Band
um den Hals hängt:
Ich habe einen Schlüssel
also bin ich auch da!
Und sie lächelt –
ihr Schlüssel zum Leben

Späte Liebe

Vier Jahre waren den beiden noch gegönnt, er 88 Jahre alt, sie Mitte siebzig. Sie hatte noch Fahrstunden genommen, um gemeinsame Ausfahrten unternehmen zu können. Unterwegs haben sie miteinander gesungen. Choräle. Im Theater sah ich sie Hand in Hand wie junge Verliebte.
Er war zweimal verheiratet gewesen und hatte beide Frauen um Jahre überlebt. Sich aber doch noch gesehnt nach einem geliebten Du, nach Gespräch und Gedankenaustausch. Ohne Partner könne er nicht leben, hatte er mir erklärt. Dann traf er sie und ihre Herzen fanden zueinander.
„Wissen Sie", sagte sie zu mir an seinem Todestag, „die Liebe hat uns noch mal jung gemacht."

Kapitel 9

Erinnerung zur Güte

Er lächelt
nach überstandener Operation
zufrieden und dankbar
als er von seiner Kindheit erzählt
glücklich sei sie gewesen
Streiche die sie ausgeheckt
sein Bruder und er
Kuchen einen Korb voll
von der Nachbarin herübergereicht
ganz alleine aufgegessen
nur sie beide
nachts in Nachbars Garten geschlichen
süße Früchte gepflückt
auch Schläge geerntet
verdient wie er sagt
vom Vater dem Pfarrer –
Jahre später dann
auf seiner Farm in Südafrika
Mandelbäume gepflanzt
nach wundervoller Blüte
endlich Frucht getragen
Die Kinder seien eingefallen
wie Vogelschwärme
süße Mandeln zu knacken
geschmunzelt habe er
sich erinnert an Nachbars Garten
und den Kuchenkorb der Nachbarin
nur die schwarzen Aufseher
hätten sich gewundert
warum er die Kinder nicht verscheuche

Wer weiß

Seit dem Tod ihres Mannes
hing sie nicht mehr am Leben.
Sie möchte sterben, sagte sie oft.
Eigentlich gehöre es sich,
gestorben zu sein.
Ihre Nichte wusste sie zu nehmen:
Erst trinken wir Kaffee
und dann sehen wir weiter!
Wer weiß,
ob du im Himmel
einen Kaffee bekommst.

Kapitel 9

Gebet einer Uhr

Ich habe meinen Tick.
Aufgezogen laufen meine Zeiger immer im Kreis
und doch schreitet die Zeit voran.
In mir steckt eine Unruhe.
Ich laufe und sage an, was es geschlagen hat.
Mein Wert besteht in meiner Zuverlässigkeit.
Ich zeige an, wie schnell die Zeit vergeht.
Aber es gibt eine Zeit, die ich nicht messen kann:
die Zeit des Glücks und der Trauer,
die Zeit der Zweisamkeit und des Getrenntseins.
Dafür gibt es innere Uhren
und die stellst du, o Gott.

Meine Sonnenuhr

Manche sammeln Sprüche von Sonnenuhren. In solchen Sprüchen steckt viel Lebensweisheit. Ich könnte doch meine eigene Sonnenuhr malen. Ich könnte mir einen eigenen Spruch dazu ausdenken. Oder mir unter den Sprüchen der folgenden Seite einen auswählen.
Ich könnte den Spruch samt Sonnenuhr auf eine Karte zeichnen und jemandem zum Geburtstag oder zum neuen Jahr mit einem persönlichen Gruß senden.

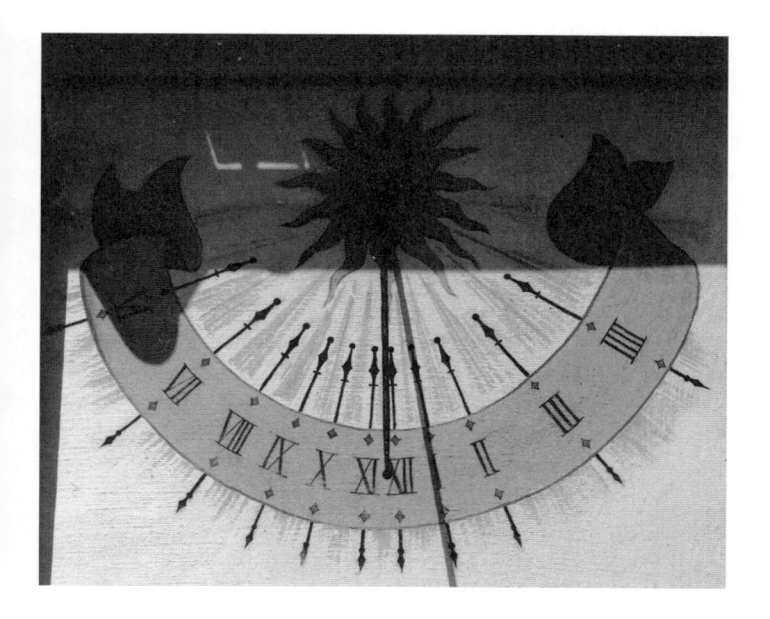

Kapitel 9

Zeit-Worte

aus der Bibel:
Meine Zeit steht in Deinen Händen. (Psalm 31,16)
Alles hat seine Zeit. (Prediger Salomo 3,1)
Heilen hat seine Zeit. (Prediger Salomo 3,3)
Schweigen hat seine Zeit und Reden. (Prediger Salomo 3,7)

Volksmund:
Kommt Zeit, kommt Rat.
Die Zeit eilt, teilt, heilt.

aus der Literatur:
Die Zeit ist eine Uhr ohne Ziffern. (Ernst Bloch)
Man verliert die meiste Zeit damit, dass man Zeit gewinnen will. (John Steinbeck)

meine Einfälle:
Schenke Zeit, aber lass sie dir nicht stehlen.
Alles eine Frage der Zeit, auch die Zeit zu fragen.
Der Zahn der Zeit nagt auch an den Zähnen.
Wer auf Zeit spielt, muss den Ausgleich hinnehmen.
Vergiss nicht auf der Höhe der Zeit die Tiefe der Zeit.

Kapitel 10

Ortsbesichtigung

Vergiss mein nicht!

Geortet
Ortsbesichtigung einer Kindheit
Flohmarkt
Bedenklich
Am Himmel
Am Kircheingang
Der Reiseführer in Florenz
Toskana
Sprachschule in Florenz
Ballonfest
Immer und überall
Mitgebracht
Meine persönliche Landkarte

Geortet

Orte und nicht nur Zeiten bestimmen unser Leben. Wir sind in der Zeit verortet. Mehr oder weniger sind wir ort- und zeitgebunden. Wir sind geortet und können geortet werden, erreichbar über Mobilfunk.
Es tut uns freilich nicht gut, überall und jederzeit erreichbar zu sein. Wir brauchen Orte, wo wir ganz bei uns selber sind. Ungestört. Orte der Einkehr und der Stille.
Ist mir ein solcher Ort vertraut, der mein Vertrauen zum Leben stärkt? Vielleicht mehrere Orte, zu denen ich gerne und immer wieder zurückkehre? Heilsame, mitunter sogar heilige Orte? An welchem Ort finde ich meine Kraftquelle?
Stehe ich fest an meinem Ort, bin ich standfest? Habe ich einen festen Standpunkt und fühle ich mich in der Lage, meinen Standpunkt zu ändern, den Schwerpunkt leiblich und geistig zu verlagern? Bleibe ich beweglich?
Manchmal tut ein Wechsel des Standortes gut. Auf Abstand und unter anderem Blickwinkel sehe ich ein Problem oder einen Konflikt in neuem Licht.
Oft beginnt ein neuer Lebensabschnitt mit einem Ortswechsel. Am neuen Ort bin ich nicht auf alte Rollen festgelegt.
Erfahrungen des Lebens lassen sich mit bestimmten Orten verbinden. In Gedanken oder an Ort und Stelle kann ich Stationen meines Lebens noch einmal aufsuchen. Vor Ort werden Erinnerungen lebendig. Ein Geruch, ein Geräusch, ein Geschmack bringt vergangene Empfindungen zurück.
Orte der Vergangenheit – wenn wir sie aufsuchen,

lassen uns wehmütig werden. Sie haben sich verändert und wir mit ihnen. Manche Orte gibt es nicht mehr, nur noch in der Erinnerung. Ich kann solche Trostorte in mir aufsuchen.

Auf unserem Lebensweg reihen sich Orte aneinander. Orte bleiben zurück. Wir sind unterwegs zu einem Ort jenseits aller Orte. Wir kennen ihn noch nicht. Im Glauben vertraue ich, dass ich dort erwartet werde.

Ortsbesichtigung einer Kindheit

Wo ich als Kind
Vergissmeinnicht noch am Bachufer pflückte,
steht nun ein Lager für schrottreife Autos.

Wo ich als Kind
im Garten mich unter hochrankenden Bohnen
versteckte
und Stachelbeeren frisch vom Strauch pflückte,
steht nun eine Tankstelle.

Wo ich als Kind
im Park Kastanien sammelte unter rauschenden
Bäumen,
steht nun ein innovativer Technologiepark.

Wo rings um den dörflichen Friedhof,
in dem meine Eltern und Großeltern liegen,
ehedem Getreidefelder wogten,
stehen nun Bürogebäude und Supermärkte
mit ausgedehntem Parkplatz.

Wo ich als Kind
geschmolzene Würfel und Mensch-ärgere-dich-
nicht-Figuren
aus dem rauchenden Schutt einer zerbombten
Spielzeugfabrik klaubte,
steht nun ein Pfandleihhaus.

Verpfändete Zukunft.

Ich finde meine Kindheit nicht wieder

am Rande der wuchernden Großstadt.
Nur in der Erinnerung ist sie lebendig.
Vergiss mein nicht!

Flohmarkt

Bin mittags über den Flohmarkt gegangen,
war von den vielen Dingen gefangen,
die da wirr ausgebreitet lagen –
wertvoll gewiss in früheren Tagen:
im brüchigen Rahmen ein stolzes Schiff,
Glas von Kristall mit gutem Schliff,
krummes Besteck und Weihnachtsteller,
altes Gerümpel von Boden und Keller,
Stuhl und Tisch, gedrechselt, gekerbelt,
nun aber von den Enkeln verscherbelt,
längst ausgediente Schreibmaschinen,
hölzerne Köpfe von Puppenbühnen,
Kinder – es tat mir im Herzen weh –
verhökerten Bilderbücher von einer Fee.
Was einmal von lieben Händen geschenkt,
war auf der Leine aufgehängt.
Neben Plunder und Schund, ganz kunterbunt,
auch manch gutes Stück
fand aus dem Schrank ins Leben zurück,
zwischen Sesseln und Tischen
ein Kleid mit Rüschen
Südseemuscheln
und Tiere zum Kuscheln,
Schiller und Goethen
für ein paar Kröten –
das ganze Panoptikum dieser Erden
sah ich zum Kaufe geboten werden.
Wie im Brennglas schaut' ich die ganze Welt
und hörte im Trubel
und Kinderjubel:
„Greif zu und nimmt dir, was dir gefällt!"

Bedenklich

Der Lkw donnert
die Bergstraße hinauf,
zieht eine Abgasfahne hinter sich her,
die mir stinkt,
verbleit die Wiese,
auf der die Kühe weiden,
deren Milch und Käse ich genieße.

Wie ich höre,
schafft er Baumaterial
für den Lift hinauf,
mit dem ich im Winter
bei gutem Schnee –
wenn er fällt –
zu fahren gedenke.

Am Himmel

Früher sagte er
und er war achtzig Jahre alt
und hatte manchen Stern
vom Himmel fallen sehen
früher
wenn man zum Himmel aufschaute
wusste man
das sind echte Sterne
Lichtjahre entfernt
funkelnd und glitzernd
ein Augenzwinkern Gottes
aber heute
da blinkt es da droben
flimmert blinzelt und blitzt
was sich da alles so rumtreibt
am Himmel
Satelliten hinaufgeschossen
künstliche Sterne
mit ausgefahrenen Antennen
Informationen übermittelnd
aber keine Botschaft
wie einst der Stern zu Bethlehem

Am Kircheingang

Wer da alles hereinkommt!
Eine Stunde
habe ich mich in den Eingang gestellt,
jedem „Grüß Gott" gesagt:
der jungen Familie,
dem Liebespaar Hand in Hand,
dem Behinderten an Krücken.
Dann eine Zeitlang niemand.
Doch – eine Taubenfeder schwebt herein
und eine Biene hat es eilig,
Honig aus der Heiligen Schrift zu sammeln.
Unterdessen
ist die Sonne um die Kanzel gewandert.

Der Reiseführer in Florenz

Er zeigt uns
die griechische Aphrodite
die römische Venus
und die himmlische Jungfrau
Maria mit dem Kinde
die Füße auf der Mondsichel
ruhend –
er schüttelt den Kopf
er könne es nicht verstehen
dass la luna
bei uns männlich sei

Toskana

Kein Mangel an Licht
flimmernd und flirrend am Mittag
ausgegossen über Weinberg
und Ölbaumgarten
glühender Mohn
Duft von Jasmin
kargen Schatten nur
schenken dir Pinie und Zypresse
dunkler Gottesfinger
am Wegrand
die Brust der Madonna
von sieben Schwertern durchbohrt
blutrot der Wein auch
und würzig das Brot
das dich stärkt –
erst der Abend bringt Klarheit

Sprachschule in Florenz

Hinein in das Land
und heraus mit der Sprache
umworben im Internet
nur wenn du dir Fehler erlaubst
wirst du auch lernen
warum diese Mühe
noch im Ruhestand
unter jungen Menschen
sprachbegierig
aus Amerika Japan Deutschland ...
eine Schweizerin meines Alters
deutet nach oben
ob wir uns einmal im Himmel
besser verständigen können
oder braucht es dort
keine Grammatik Syntax Idiome
keine Wörterbücher mehr
genügt dann
nach dem 2. Futur
die Sprache des Herzens

Kapitel 10

Ballonfest

Das bläst und bläht sich auf
und reckt und streckt sich
in die Nacht
in glühender Schrift
am Himmel
steht geschrieben
Warsteiner Bier und Frankenpost
Volksbank und Erdgas
und Bayerische Spielbanken
es leuchtet auf erlischt
glüht wieder auf
begleitet vom dröhnenden Beat
aus dem brüllenden Schlund
der Lautsprecher
und keiner sieht
den Vollmond im Rücken
der in den Zweigen hängt
ganz still
eine Leuchte für die Nacht
wie die Schrift sagt
wofür wirbt er?

Immer und überall

Kaum
hast du dich
von deinem Partner
Freund Tochter Sohn
verabschiedet

kaum
deinem Blick
entschwunden
erreicht dich schon
ein Anruf
auf dem Handy
oder wenigstens
eine SMS
oder ist es ein SOS

immer und überall
verbunden
wie ist da Abschied
noch möglich

wie auch
nach Ungewissheit
die Freude
des Wiedersehens
und -hörens

Mitgebracht

Von einer Reise mitgebracht nicht viel:
die Feder, die mir vor die Füße fiel,
eine kleine Weise,
die ich leise
summe Gott zum Preise;
ein Sonnenuntergang
in Paradiesespracht, ein Harfenklang;
ein Gedanke, den ich angedacht,
mir einen Vers darauf gemacht;
das Lächeln
eines Kindes,
das Fächeln
frischen Windes
auf nackter Haut,
die Hoffnung, die am Himmel blaut;
ein Stein, am Ufer aufgelesen,
zum Pfand
gelegt in meine Hand,
dass es auch wirklich so gewesen.

Meine persönliche Landkarte

Ich lade Sie ein, eine eigene persönliche Landkarte zu entwerfen. Welche Orte waren mir und sind mir im Laufe meines Lebens wichtig geworden? Welche Orte suche ich gerne auf? Wo fühle ich mich wohl und wohin kehre ich immer wieder gerne zurück?
In einem inneren Kreise finde ich zu Hause Orte, die mir besonders lieb sind, wo ich mich gerne aufhalte. Orte, an denen ich mich regeneriere. Merkwürdigerweise nennen wir das WC ein „stilles Örtchen".
Der Kreis dehnt sich zur unmittelbaren Umgebung am Wohnort. Wege, die uns durch den Lauf der Jahreszeiten vertraut sind, einsame und gemeinsame Wege. Wege entstehen im Gehen und enden meist an vertrauten Orten. Welche sind mir besonders vertraut?
Der Wagen vor dem Haus und der Zug am Bahnhof bringt mich zu weiteren Orten. Zu neuen Orten, die entdeckt sein wollen. Und auch zu Orten meiner Vergangenheit. Im Alter kehren wir gerne zu Orten unserer Kindheit zurück. Da schließt sich ein Kreis.
Wer seine Heimat verloren hat, sucht sie in seiner Erinnerung. Die Heimat, die wir im Herzen bewahrt haben, kann uns nicht genommen werden. Es gibt auch eine innere Landkarte.
Ich war so frei, meine eigene Landkarte einzubringen. Es ist die persönliche Karte eines Ruheständlers. Ganz anders wird sie bei einem jungen Menschen aussehen, wieder anders bei einer jungen Familie und noch einmal anders bei einem gehbehinderten Menschen im Seniorenheim.
Wie schaut meine persönliche Landkarte aus? In

einem äußeren Umkreis sind einige Orte ganz allgemein benannt. Welche ziehe ich vor? Es lohnt sich, mit einem Partner die persönliche Landkarte zu betrachten und gemeinsame Lieblingsorte zu entdecken.

Meine persönliche Landkarte

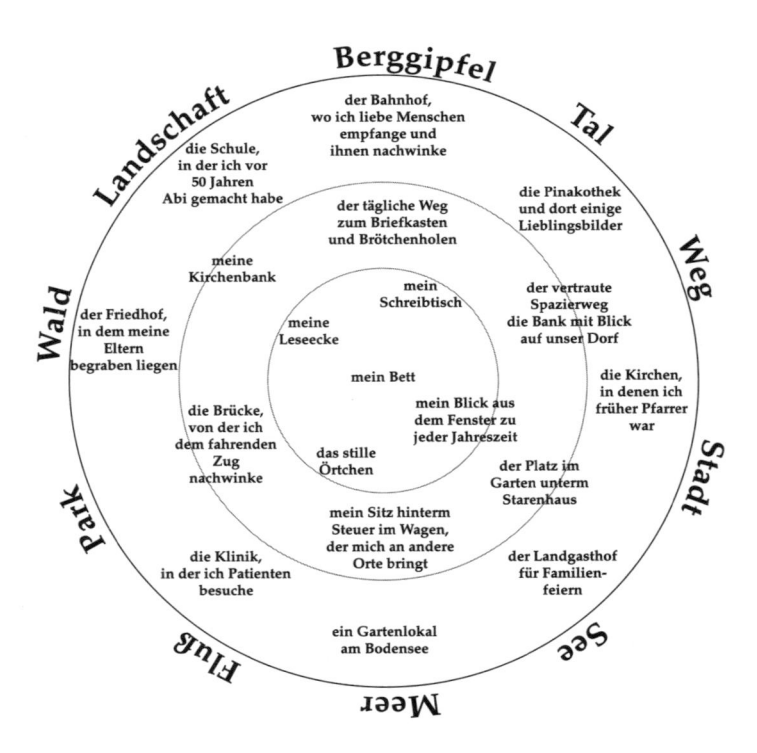

Berggipfel — *Tal* — *Weg* — *Stadt* — *See* — *Meer* — *Fluß* — *Park* — *Wald* — *Landschaft*

- der Bahnhof, wo ich liebe Menschen empfange und ihnen nachwinke
- die Schule, in der ich vor 50 Jahren Abi gemacht habe
- die Pinakothek und dort einige Lieblingsbilder
- der tägliche Weg zum Briefkasten und Brötchenholen
- meine Kirchenbank
- mein Schreibtisch
- der vertraute Spazierweg die Bank mit Blick auf unser Dorf
- der Friedhof, in dem meine Eltern begraben liegen
- meine Leseecke
- mein Bett
- die Kirchen, in denen ich früher Pfarrer war
- die Brücke, von der ich dem fahrenden Zug nachwinke
- mein Blick aus dem Fenster zu jeder Jahreszeit
- das stille Örtchen
- der Platz im Garten unterm Starenhaus
- mein Sitz hinterm Steuer im Wagen, der mich an andere Orte bringt
- die Klinik, in der ich Patienten besuche
- der Landgasthof für Familienfeiern
- ein Gartenlokal am Bodensee

KAPITEL 11

Abschied und Sterben

**Im Tod
breiten wir die Flügel aus**

Abschied
Alter Bekannter
Ausgebreitet
Geblendet
Der Glühfaden
Geburtstagsgruß
Ährenwort
Nachruf auf einen Freund
Abschiedsgruß
Darunter
Allerseelen
Freund Tod
Nur eine Umdrehung
Schutzengel
Namen-Los
Abendprogramm
Traueranzeige

Abschied

Täglich nehmen wir Abschied im Kleinen. Jedem „Grüß Gott!" folgt ein „Auf Wiedersehen". Durch einen Händedruck begrüßen wir einander und durch einen Händedruck nehmen wir auch Abschied. Den Abschied machen wir uns leichter durch ein lockeres Tschüs oder Servus, durch ein Pfüedi oder Adieu. Letzteres heißt übrigens „behüt dich Gott!" oder „Gott befohlen".
Wir verabschieden uns vom Frühling oder Sommer, aber vielmehr sind es Frühling und Sommer, die sich von uns verabschieden. Die Nacht weicht dem Morgen, die Abenddämmerung der Nacht. Eines geht ins andere über. Damit Neues eintreten kann in das Haus unsres Lebens, muss sich Altes verabschieden.
Die kleinen Abschiede bereiten uns auf den großen Abschied vor. Schon jetzt lernen wir, was die letzte Stunde fordert: das Loslassen. Der Sterbende lernt loszulassen, um sterben zu können. Es fällt leichter und fällt sich leichter, wenn ich weiß, wohin ich falle: in Gottes offene Arme. Die alten Juden sagten dafür „Abrahams Schoß". Was wir als Kinder in schmerzlichen Stunden erfahren haben, uns in die Arme des Vaters, in den Schoß der Mutter fallen zu lassen, wiederholt sich in der Stunde des Sterbens: sich fallen lassen in die Arme des himmlischen Vaters, der uns mütterlich auffängt.
Das Wort „Sterben" wurde früher oft durch den Ausdruck „das Zeitliche segnen" ersetzt. Ich wünsche mir am Ende meines Lebens noch so viel Bewusstsein und Kraft, um denen, die mir lieb und wert

sind, noch ein liebes Wort zu sagen. Das macht hoffentlich das Loslassen leichter.

Eine ältere Dame sagte mir kurz vor ihrem Tod, es falle ihr nicht schwer loszulassen, wenn es Zeit ist. Aber es tue ihr leid, ihre Angehörigen in ihrer Trauer zurücklassen zu müssen.

Nicht nur wer geht, sondern auch wer zurückbleibt, lernt loszulassen. Jesus sagt zu Maria Magdalena: Halte mich nicht fest auf dem Weg zum Vater! (Johannes 20,17) Das ist das Schwerste in der Liebe, den Menschen loszulassen, den man von Herzen liebt. Nur die Liebe vermag es.

Im Glauben hoffen wir, dass die, die uns vorausgegangen sind, bei Gott gut „aufgehoben" sein mögen. Geborgen und umfangen von Gottes Liebe.

Schlimm ist der jähe, der unerwartet plötzliche Tod durch Unglück oder Unfall, nach Herz- oder Gehirnschlag. Er lässt die Angehörigen sprach- und fassungslos zurück.

Wir machen es uns eben nicht bewusst, dass jeder Tag auch der letzte sein könnte. Darum heißt es in einem Liedvers: Mein Gott, ich bitt durch Christi Blut, mach's nur mit meinem Ende gut!

Es gibt immer wieder Menschen, die getrost und voller Zuversicht ihrem letzten Stündlein entgegensehen. Ich erinnere mich an ein Gespräch in der Klinik mit einigen schwerkranken Patienten. Eine katholische Ordensschwester sagte: „Ich freue mich schon darauf, im Himmel meine Eltern wiederzusehen." Eine Mitpatientin antwortete erschrocken: „Und wenn ich da meinen geschiedenen Mann wiedersehen muss!" Mir rutschte heraus: „Der Alte wird nicht mehr der Alte sein!"

Alter Bekannter

Führt mich doch
die Physiotherapeutin
in einen besonderen Raum
zur Massage meines Rückens
den sie einreibt
kräftig knetet
und behutsam lockert ...
steht da in einer Ecke
der Knochenmann
ein klappriges Skelett
dessen Schädeldecke
sich öffnen und anheben lässt
was musste da alles rein
in die Gehirnschale
und was ging da alles raus ...
gehe also auf ihn zu
gebe ihm sacht die Hand:
Kennen wir uns nicht?
Wir kennen uns doch!
Schon lange ...

Ausgebreitet

Am Rande des Waldweges
lag er am Boden:
ein Schmetterling
mit ausgebreiteten Flügeln,
orange, braun gepunktet, reglos;
seinen Leib zehrten die Ameisen auf –
aber es blieben die beiden Flügel
aufgeschlagen
wie die Seiten eines Buches
und ich las darinnen:
im Tod breiten wir die Flügel aus.

Geblendet

Gleich neben dem Altar
hatte er sich niedergelassen
hing am Fenster
mit ausgebreiteten Schwingen
ein Falter Tagpfauenauge
müßig zu fragen
wie er hineingeraten
in solch heilige Gefangenschaft
ich fing ihn ein
mit hohlen Händen
flatternd zunächst
dann still ergeben
nahm er hin die dunkle Enge
hinaus ins Licht
trug ich ihn
öffnete die Hände
und er wie geblendet
blieb sitzen
einige Flügelschläge lang
bis er sich in die Luft warf
schaukelnd taumelnd
neu gewonnene Freiheit kostend
gaukelnd über den Kirchhof
auf einem Grabstein
fand ich ihn wieder
über verblichenen Namen
Tagpfauenaugen
in der hohlen Hand Gottes

Der Glühfaden

Die Glühbirne ist ausgebrannt.
Wenn ich sie ans Ohr halte und schüttle,
höre ich den Glühfaden.
Welcher Glühfaden reißt,
wenn ein Menschenleben erlischt?
Noch ist die Form nicht zerbrochen –
aber was ist sie
ohne den Glühfaden?

Geburtstagsgruß

Am schlichten Holzkreuz
hängt ein Bild
von Kinderhand gemalt
noch nicht von der Sonne gebleicht
noch nicht vom Regen verwischt
ein Geburtstagsgruß für Papa
da spielen beide noch
Tischtennis
mit griffigen Schlägern
ping – pong – ping – pong
fliegen Ball und Wort
hin und her her und hin
dein Kilian
mit ungelenker Hand geschrieben
Das Kreuz gibt Auskunft
36 Jahre alt wurde Papa
der Grabhügel noch frisch
ping – pong
fliegen Ball und Wort
hörst du mich noch?

Ährenwort

Der dörfliche Friedhof
eine Insel der Ruhe
am Rande der Großstadt
jenseits der niedrigen Mauer
wogt ein Getreidefeld
die Halme zum Greifen nahe
wie lange noch
Blumen habe ich nicht dabei
auch nicht das übliche Gesteck
hat sich doch Immergrünes
als lebendige Decke
ausgebreitet und eingestickt
goldener Löwenzahn
eine volle Ähre
leg ich aufs Grab meine Eltern
was sie gesät
durfte ich ernten

Nachruf auf einen Freund

Wenn ich gestorben bin,
hat er gesagt,
dann dürft ihr schon weinen.
Aber seid nicht zu traurig:
ich bin ja dann fort
aus diesem Jammertal
und bei Gott –
und dann ist alles gut.

Wenn ich gestorben bin,
hat er gesagt,
dann seid nicht zu traurig:
singt auch frohe Lieder!
Einen Schuss Humor
wünsche ich mir
bei aller Traurigkeit.
Alles andere
würde nicht zu mir passen.

Abschiedsgruß

Die Blätter fallen
auf mein schmales Grab
letzte Worte verhallen
nicht bleibt was ich hab
ein kleiner Junge
summt leise ein Lied
ein roter Funke
im Totenlicht glüht
wie bin ich so müd
nach langem Weg
einem Vogel gleich
meine Seele zieht
weit ... weit
über Brücke und Steg
vergessen das Leid
die Blätter fallen
sie fallen so weich
Gott sei mit euch allen
und segne euch reich

Darunter

Seinen Schmerz
um die Verstorbene
seinen ganzen Zorn
legte er in die Axt
spaltete Holz
als wollte er auf den Kern
des Unbegreiflichen kommen
die Holzscheite
fielen übereinander
kreuzweise und quer
als er nach drei Tagen
das Holz wegräumte
blühten Himmelsschlüssel
darunter

Allerseelen

Jeden Tag
ging sie hinaus
zum Friedhof
um Abschied zu nehmen
täglich
von ihrem Sohn
verunglückt
in jungen Jahren
einmal
grub sie das Totenlicht
aus dem Schnee
mit bloßen Händen
und entzündete
den Funken Hoffnung
über den Tod hinaus

Freund Tod

Damals im Kindergarten
der gleich neben dem Friedhof lag
da habe sie viele Lieder gelernt
und sie den Toten vorgesungen
aufgebahrt in der Leichenhalle
da lagen sie so friedlich
als hätten sie nur geschlafen

Auch jetzt längst erwachsen
fürchte sie den Tod nicht
eine Puppe habe sie erworben
den Tod handgeschnitzt
sein heiteres Gesicht
einfach zum Liebhaben

Und wenn der Tod einmal
an die Himmelspforte klopft
am Ende der Tage
und sie wäre ein Engel
sie würde zu ihm sagen
Komm herein –
du hast genug gearbeitet
ruh dich aus

Kapitel 11

Nur eine Umdrehung

Mein Gott das ging ganz schnell
eben noch den Lenker in fester Hand
sicher im Sitz in flotter Fahrt
die Geschwindigkeit genossen
tausendmal schon die Kurve genommen
vorweg schon in Gedanken am Ziel
bei Frau und Kindern zu Hause
oder in Gedanken zurückhängend
ein Gespräch ein Ärger ein Streit
harte Worte die mitfahren
und dann plötzlich die Kurve
tausendmal genommen –
nur dieses eine Mal ausgeschert
der entgegenkommende Wagen –
warum gerade jetzt?
der Schlag er hört ihn schon nicht mehr
die Leitplanke fängt ihn nicht auf
die Maschine zertrümmert am Boden
das Vorderrad dreht sich noch
dann ist es still – totenstill
Was ist der Mensch, Herr,
dass du seiner gedenkest?
Verbirgst du dein Angesicht,
so erschrecken wir.
Nimmst du weg den Odem,
so vergehen wir
und werden wieder zu Staub.
Nur eine Umdrehung des Rades
trennen Leben und Tod
Bremsspuren markieren ein Leben
Blaulicht Martinshorn

Schutzengel

Ob sie im Leben
schon einmal vor Unglück
bewahrt worden seien
fragte ich in der 7. Klasse
und Franka erzählt
fünf Jahre alt sei sie gewesen
unterwegs mit dem Schlitten
den Hang hinunter
die Gefahr nicht achtend
unten die B 31
ein Lkw näherte sich
sie wäre voll hinein gefahren
hätte sie nicht
eine weiße Gestalt gesehen
ähnlich ihrer verstorbenen Mutter
die habe sie gewarnt
sie habe noch bremsen können
gerade noch –
man habe es ihr später
wieder erzählt
sonst wüsste sie es nicht mehr
eine weiße Gestalt
habe sie gesagt – damals
ihr Schutzengel

Kapitel 11

Namen-Los

Im Vorhof des Krematoriums
zerlegt ein Arbeiter
mit gezielten Schlägen
hölzerne Kreuze
beschriftet mit Namen
dem Sarg vorweg getragen
am frischen Grab gepflanzt
nun aber nicht mehr benötigt –
löst vom Holz
die kupfernen Kruzifixe
wirft Metall zu Metall
bricht die Querhölzer samt Namen
vom gespitzten Längsstab
wirft Holz zu Holz
da liegen sie nun
kreuz und quer übereinander
in Kürze dem Feuer zu übergeben
Asche zu Asche
mein Gott denke ich
den Talar noch unter dem Arm
du wirst sie doch behalten haben
all die Namen
zu Füßen des Gekreuzigten
gedenke unser
wenn unsere Namen
Staub zu Staube
längst vergessen sind

Abendprogramm

An einem ganz gewöhnlichen Abend
flimmert der Tod
über die Mattscheibe
mehrmals
Bring mir den Kopf von Alfredo
Töten war sein täglich Brot
Das Gesetz bin ich
24 Stunden in seiner Gewalt
Tödliche Vergeltung
Tod wo ist dein Stachel
triumphierte Paulus[21]
Ach wäre er doch ein Stachel
der Tod

---

21 1. Korinther 15,55.57.

Kapitel 11

Traueranzeige

Als Pfarrer habe ich immer mal wieder erfahren, dass jemand vor seinem Tod nicht nur sein Haus bestellt, sondern auch den Ablauf der Trauerfeier bestimmt hatte: Lieder, Lesung, Lebenslauf und sogar die Traueranzeige. Für die Angehörigen war dies meist eine große Hilfe.
Bei einer Traueranzeige wird oft über Namen und persönliche Daten ein Leitwort gesetzt: ein Bibelwort, ein Liedvers, ein Lebewohl über den Tod hinaus, die Zeilen eines Gedichtes.
Ich habe einige Leit- und Leidworte aus Traueranzeigen in der Süddeutschen Zeitung zusammengestellt. Welches Wort würde ich für mich selbst auswählen?

Fürchte dich nicht,
denn ich habe dich erlöst;
ich habe dich bei deinem Namen
gerufen; du bist mein!
Jesaja 43,1

So seid auch ihr jetzt bekümmert,
aber ich werde euch wiedersehen;
dann wird euer Herz sich freuen
und niemand nimmt euch eure Freude.
Johannes 16,22

Wenn wir mit Christus gestorben sind,
werden wir auch mit ihm auferstehen.
2. Timotheus 2,11

*Der Tod ist das Tor zum Licht
am Ende eines mühsam gewordenen Lebens.*
Franz von Assisi

*Herr, lass genug sein.
Wann wird die Nacht enden
und der lichte Tag aufgehn?
Zeig mir dein Antlitz,
je mehr mir alles andere
entschwindet.
Lass mich den Atem der
Ewigkeit verspüren, nun
da mir aufhört die Zeit.*
Michelangelo

*Das einzig Wichtige im Leben
sind die Spuren von Liebe,
die wir hinterlassen,
wenn wir weggehen.*
Albert Schweitzer

*Und meine Seele spannte
weit ihre Flügel aus,
flog durch die stillen Lande,
als flöge sie nach Haus.*
Joseph von Eichendorff

*Und als Gott sah, dass die Wege zu lang,
die Berge zu steil und das Atmen zu schwer,
legte er den Arm um dich und sprach:
„Der Friede sei dein."*

KAPITEL 12

Glauben und Vertrauen
Ein grüner Zweig vom Paradies

Vom Vertrauen
Vertrauensworte aus den Psalmen
Beides
Wer sieht mich?
Die Versuchung
Gelobtes Land
Am Ufer
Aufschwung
Abba
Eine Liebesgeschichte
Geborgen
Über TREU
Sich führen lassen

Vom Vertrauen

Im Alltag geht es nicht ohne Glauben und Vertrauen. Auch wenn ich es mir nicht immer gleich bewusst mache.

Ich vertraue in der Gaststätte dem Koch, dass er die Speisen solide und sorgfältig zubereitet. Ich besteige den Bus und verlasse mich darauf, dass der Fahrer aufmerksam sein Fahrzeug durch den dichten Verkehr lenkt. Ich lasse mich vom Arzt beraten und vertraue ihm, dass er seine Kunst und Erfahrung zu meinem Wohl einsetzt.

Je enger und intensiver eine Beziehung wird, desto mehr geht es „auf Treu und Glauben". Das gilt vor allem in der Liebe. Sie verlangt einen Vorschuss an Vertrauen. Wer den anderen kontrolliert, verliert dessen Vertrauen.

Gewiss gibt es Situationen im Leben, in denen Misstrauen und Argwohn vor Gefahr bewahren. Eine innere Stimme warnt mich, allzu vertrauensselig zu sein. Ich sollte sie nicht überhören.

Wer im Leben erfahren hat, dass sein Vertrauen enttäuscht oder gar missbraucht worden ist, wird künftig vorsichtiger und zurückhaltender sein. Und doch geht es im Leben nicht ohne Vertrauen. Vertrauen will aufs Neue gewagt werden.

Ein gesundes Selbstvertrauen und getrostes Gottvertrauen – beides in eins – hilft mir, meinen Mitmenschen trotz mancher Enttäuschung dennoch Vertrauen zu schenken und offen auf sie zuzugehen.

Wichtiger als alle Kenntnis des Glaubens, als Katechismus und Dogmatik, ist jenes Grundvertrauen, dass Gott alle Wege mit mir geht. Gerade dann, wenn es schwierig wird.

Zeugnisse des Glaubens, ein Gebet, ein Liedvers, ein Bibelwort können mir helfen, auf Gott zu vertrauen und mich seines Beistands zu vergewissern. Nicht viele Worte, schon ein Wort kann mir Halt und Zuversicht geben.

Worte der Zuversicht und des Vertrauens finden wir in den Psalmen. Einige Psalmworte habe ich zusammengetragen. Welches Wort spricht mich an? Welches könnte ich mir zu eigen machen? Ich könnte es abschreiben und auf meinen Schreibtisch oder Nachttisch legen.

Vertrauensworte aus den Psalmen

Ich liege und schlafe ganz mit Frieden;
du, Herr, hilfst mir. (4,9)

Bewahre mich, Gott, denn ich traue auf dich. (16,1)

Mit meinem Gott kann ich über Mauern springen.
(18,30)

Ob ich schon wanderte im finstern Tal,
fürchte ich kein Unglück; denn du bist bei mir. (23,4)

Wende dich zu mir, o Gott, und sei mir gnädig;
denn ich bin einsam und elend. (25,16)

In deine Hände befehle ich meinen Geist;
du hast mich erlöst, du treuer Gott. (31,6)

Meine Zeit steht in deinen Händen. (31,16)

Bei dir ist die Quelle des Lebens
und in deinem Lichte sehen wir das Licht. (36,10)

Befiehl dem Herrn deine Wege und hoffe auf ihn;
er wird's wohl machen. (37,5)

Was betrübst du dich, meine Seele,
und bist so unruhig. (42,6)
Sei nur stille zu Gott; denn er ist meine Hoffnung.
Er ist mein Fels, meine Hilfe und mein Schutz,
dass ich nicht fallen werde. (62,6)

*Dennoch bleibe ich stets an dir,
denn du hältst mich bei meiner rechten Hand.* (73,23)

Weise mir, Herr, deinen Weg. (86,11)

*Er hat seinen Engeln befohlen,
dass sie dich behüten auf allen deinen Wegen.* (91,11)

*Lobe den Herrn, meine Seele, und vergiss nicht,
was er dir Gutes getan hat.* (103,2)

*Der Herr ist mit mir; darum fürchte ich mich nicht,
was können mir Menschen tun?* (118,3)

*Von allen Seiten umgibst du mich, Gott,
und hältst deine Hand über mir.* (139,5)

Beides

Willst du dem Glauben
auch dein Leben weihen,
musst du dem Zweifel
eine Stimme leihen.
Der Schatten
zeigt dir erst das Licht
und ohne Zweifel
gibt es Glauben nicht.

Wer sieht mich?

Michelangelo sagte,
es sei ganz einfach,
er müsse nur
den überschüssigen Stein
wegschlagen,
um die Gestalt herauszuholen,
die er schon sehe
mit seinem inneren Auge.

Wer sieht mich
und die Gestalt,
die ich werden soll?

Manchmal
spüre ich die Schläge.

Die Versuchung

Verlockend glänzten die Kirschen am Baum.
Mir lief das Wasser im Mund zusammen.
Es erging mir wie Eva im Paradies,
als sie sah,
dass von dem Baum gut zu essen wäre.
Ich griff zu
und ließ mir die süßen Früchte schmecken
und gab meiner Frau auch davon.
Da kam der Bauer
und ich gestand ihm,
dass ich seine Kirschen versucht hätte.
Er aber lächelte und sagte:
„Lasset se euch schmecke,
es hanget noch viel dran
und frisch vom Baum schmecket se am besten."
Und ich dachte,
ob nicht auch Gott uns mehr gönnt,
als wir ihm zutrauen.

Gelobtes Land

Und als ich fand
das Gelobte Land
da merkt' ich
dass Milch und Honig
nicht ständig flossen
Unkräuter in die Höhe schossen
da waren Mauern zu bauen
und wieder abzutragen
wem war zu trauen
da gab es andre Plagen[22]
als in Ägyptens Jugendtagen
ein grüner Zweig vom Paradies
blieb was mich hoffen ließ
der Liebe ausgestreuter Samen
und ein tägliches Wagen

---

22 2. Mose 7-11.

Am Ufer

Am Ufer
auslaufende Wellen
schwankender Kahn
der Fährmann
außer Sichtweite
wann
kehrt er zurück
nur sein Boot
schwankt leise
im Wind
ohne Not
am Bug
das Ankerkreuz
im Lot
zeigt an
wem anvertraut
wir sind

Aufschwung

Vom Aufschwung des Glaubens
lese ich zufällig
und da fällt mir ein
als erstes die Schaukel
die zum Himmel schwingt
und zurück zur Erde
und wieder hinauf
und dass mir jemand
einen Anstoß gegeben
der hinter mir stand
und da fällt mir ein
der Aufschwung am Reck
Umschwung und Abschwung
und dass da jemand
unten oder neben mir stand
um mich aufzufangen
falls der Halt mir entglitt –
Aufschwung des Glaubens
zum Himmel und wieder zurück
und jemand gibt dir den Anstoß
und fängt dich auf
wenn dir der Halt entgleitet

Abba
Markus 14,36

Seinen zweijährigen Buben hat der junge Vater mitgenommen in die Kirche
und dem Kleinen gefällt die Orgelmusik, das Lalala und der Kerzenschein.
Während der Pfarrer vorne am Altar betet,

Guter Gott,
wir wissen nicht,
wie wir beten sollen.

redet er mit seinem Vater
ruft „Papa"!

Hilf uns
in unserer Sprachlosigkeit.

und er sucht seine Hand
und hält sie fest,

Mit leeren Händen
stehen wir vor dir,
erbarm dich unser.

ruft „Papa",
bis ihn der Vater
auf den Arm nimmt,
und alles ist gut.

Amen

Eine Liebesgeschichte
Lukas 15

So haben es die Künstler immer wieder dargestellt: Rembrandt und viele andere – und ich habe es ihnen geglaubt. Ein Vater, der sich über seinen Sohn beugt, über einen heruntergekommenen, allen Ansehens entblößten Menschen, dieses Häuflein Elend, das vor ihm niedergefallen ist.
Es hat mich immer wieder ergriffen. Inzwischen sind mir freilich Bedenken gekommen, ob nicht die Geschichte anders gelaufen ist. Ob nicht die Liebe dem anderen die Scham ersparen möchte? Wir kennen die Geschichte, die sich immer wieder zuträgt. Kennen wir sie?
Einem von zwei Söhnen wird es zu eng zu Hause. Vater und Bruder sind ihm zu mächtig. Er, der Jüngere, will herausfinden, was in ihm steckt. Er will es sich und der Welt beweisen. Aufbrechen und sein Glück machen. Wer will es ihm verdenken!
Er lässt sich sein Erbe auszahlen, obschon der Vater noch lebt. Das ist, als wäre der Vater schon gestorben. Er zieht fort, finanziell gut gepolstert. Er blickt sich nicht einmal um. Er schaut nur nach vorn.
Kennen wir den Schmerz des Vaters? Hätte er ihn zurückhalten, hätte er ein Machtwort sprechen sollen? Er hätte ihn auch so verloren. Es ist schwer, einen Menschen loszulassen, den man liebt. Das gilt im Leben wie im Sterben. In jedem Abschied liegt auch ein Sterben.
Der Sohn aber, er genießt das Leben in vollen Zügen. Was kostet die Welt! Er wirft mit Geld um sich. Gewinnt Freunde, wie er glaubt. Kann man mit

Geld Freundschaft erkaufen? Die wahren Freunde erweisen sich in der Not, gerade da, als treue Gefährten.

Es kommt, wie es kommen muss. Eines Tages klopft nicht das Glück, sondern die Not an seine Tür. Er landet als Schweinehirt im Schweinestall. Kein Schwein gehabt. Und kein Schwein fragt, kein Hahn kräht nach ihm.

Im Elend sein – das heißt im ursprünglichen Sinn des Wortes „im Aus-Land" sein, entwurzelt, der Heimat beraubt. Und doch: Wer einmal in seinem Leben Heimat erlebt hat, der wird sie auch im Elend nicht verlieren. Sie bleibt ein Schatz in der Tiefe des Herzens, eine Quelle heimlicher Sehnsucht. So wird der Tiefpunkt seines Lebens zum Wendepunkt.

Rembrandt, Der verlorene Sohn

Da niemand mit ihm spricht, führt er Selbstgespräche. Nein, ich kann nicht mehr! Ich will nach Hause. Ich will zu meinem Vater gehen. Ich sag's ihm. Vater, will ich sagen, ich hab Mist gebaut. Ich hab's verspielt. Nenn mich nicht mehr deinen Sohn! Aber lass mich wenigstens auf dem Hof bleiben, gib mir Arbeit und Brot.

Er kehrt um, schweren Herzens und mit schweren Schritten. Abgemagert, abgerissen, abgebrannt – aber nicht abgebrüht. Das Leben hat ihm übel mitgespielt, ihm eine bittere Lehre erteilt. Erst jetzt begriff er, was Heimat wert ist.

Der Weg zurück ist ihm nicht leicht gefallen. Während er zurückkehrte, fragte er sich, ob es nicht gescheiter wäre, wieder umzukehren. Was würden die Leute sagen? Was der Bruder? Was der Vater? Was er nicht ahnte, was er nicht zu hoffen wagte: Er wurde erwartet.

Der Vater hatte seinen Sohn nicht aufgegeben. Er hat auf ihn gewartet. Die Tür war nicht ein für alle Mal ins Schloss gefallen. Sie blieb angelehnt.

Der Vater hält Ausschau. Schon von weitem erkennt er in diesem Stück Elend seinen Sohn. Es jammert ihn. Er jammert ihn. Er läuft ihm entgegen. Er fällt ihm um den Hals. Er umarmt ihn und küsst ihn. Und er wird ihm wenig später sogar einen Ring an den Finger stecken. Will sagen: Was auch zwischen uns war, du bist und bleibst mein Sohn.

Der Sohn möchte vor dem Vater in die Knie gehen. Aber der Vater hält ihn fest, mit guten und festen Händen. Ich stelle mir vor: wie in Ernst Barlachs Plastik „Das Wiedersehen". Er erspart ihm die Scham. So ist die Liebe: Sie erspart dem anderen die Scham.

Jetzt, da der Sohn sich so geliebt und von guten Händen gehalten fühlt, fällt es ihm nicht schwer, sein Fehlen und sein Verfehlen zu bekennen. Die Gnade geht der Buße voraus. Die Buße ist nicht die Bedingung der Gnade.

Ob das der ältere Bruder versteht? Als er heim kommt, hört er Musik. Bratenduft zieht durchs Haus. Fröhliches Stimmengewirr. Ein Fest? Dein Bruder ist nach Hause gekommen! Und? Lässt er sich gehörig bewundern? Nein, zerlumpt und abgerissen ist er nach Hause gekommen. Und dein Vater hat ihm seinen goldenen Ring an den Finger gesteckt! Aber das heißt ja ... Nein! Da gehe ich nicht hinein. Da muss der Vater ein zweites Mal hinausgehen und auch dem Älteren, dem Braven, dem Frommen zeigen, dass er ihn liebt. Komm doch herein! Dein Bruder war verloren, wir haben ihn wiedergefunden. Er war tot und wir haben ihn lebendig wieder. Freu dich doch mit! Wird der Bruder hineingehen?

Ernst Barlach, Das Wiedersehen

Geborgen

Vor uns eine Holzplastik aus der Zeit um 1320: Johannes an der Brust Jesu. Es ist nicht der einzige Bildstock seiner Art. Im 14. Jahrhundert taucht diese Bildform mehrfach in Oberschwaben auf und dort vor allem in weiblichen Klöstern.

Es handelt sich um eine so genannte *Christus-Johannes-Minne*. Das Wort *Minne* ist lateinischen Ursprungs und bedeutet „jemandes in Liebe gedenken".

Wir sehen zwei Menschen, die einander innig verbunden sind. Der eine lehnt sich an den anderen. Sein Haupt ist an dessen Brust gesunken. Die Augen sind ihm zugefallen. Er scheint zu träumen. Ein leises Lächeln umspielt seine Züge.
Sich mit geschlossenen Augen, schier blind, bei jemandem anzulehnen, zeugt von tiefem Vertrauen, das aus Vertrautheit gewachsen ist.
Wir kennen das Lied, das gerne bei Hochzeiten gesungen wird, aber weniger die Liebe zwischen Mann und Frau beschreibt als vielmehr die Liebe Gottes und der gottvertrauenden Seele zueinander:

So nimm denn meine Hände
und führe mich
bis an mein selig Ende
und ewiglich ...

Solch einen großen Wunsch kann ein Partner kaum erfüllen. Er oder sie wäre überfordert. Wohl aber kann sich ein Mensch in allen Widerfahrnissen des Lebens ganz in Gott geborgen fühlen.
Wenn wir genau hinschauen, erkennen wir ein Band, das beide verbindet. Es läuft in Wellen vom Schoß Christi zum Schoß seines Jüngers. Freundschaftlich hat Jesus ihm die Hand auf die Schulter gelegt, während die rechte Hand des Freundes in seiner Rechten liegt.
Es ist kein fester Händedruck. Jesus reicht seine Hand dar und in ihr liegt wie in einer Schale die Hand seines Jüngers. Behutsam und sanft gehalten. Geborgen wie ein Vogel in seinem Nest.
Wachsam und achtsam ruht der Blick Jesu auf dem

Schlafenden. Bei anderen Bildwerken des gleichen Motivs geht sein Blick in die Weite, als ahnte er schon den Schmerz der bevorstehenden Trennung.

Es war beim letzten Abendmahl, das Jesus mit seinen Jüngern feierte, da lag einer – so heißt es[23] –, der Jesus lieb hatte, an seiner Brust. Gemeinhin nimmt man an, dass es der Jüngste seiner Jünger gewesen sei: *Johannes*. Sein Name ist Botschaft. Er leitet sich von dem hebräischen Namen *Jochanan* ab und bedeutet: *Gott ist gnädig*.

Fromme Andacht hat aus der Schar der zwölf Jünger eben diesen einen stellvertretend für alle herausgegriffen.

Man pflegte diese Christus-Johannes-Gruppe zur stillen Betrachtung in eine Seitenkapelle oder in eine Nische der Kirche zu stellen.[24] Man konnte sich in sie hineinversetzen, ja hineinversenken. Mit Johannes könnte ich sprechen:

Da bin ich, Jesus, du mein Heiland.
Dir vertraue ich.
Dir vertraue ich mich an.
Du weißt, was mein Herz bewegt.
Ich lege meine Hand in deine.
Ich lehne mich bei dir an.
Bei dir finde ich Halt und Geborgenheit.
Bei dir finde ich Frieden.
Ich spüre deine gütige Hand
leicht auf meiner Schulter.
Du schenkst mir Ruhe zur Nacht,

---

23 Johannes 13,23.
24 Besonders bekannt die Gruppe im Kloster Heiligkreuztal.

wenn ich die Augen schließe.
Und du bist auch bei mir,
wenn ich die Augen schließe für immer.
Von allen Seiten umgibst du mich
und hältst deine Hand über mir.[25]

Hier ist es Jesus, der seinem Jünger – es könnte auch eine Jüngerin sein – Trost und Halt gibt. Wenig später sind draußen in Gethsemane die Rollen vertauscht. Jesus wird Johannes und zwei weitere Jünger bitten, mit ihm zu wachen und zu beten.
Er ist eine merkwürdige, ja heilsame Erfahrung, die wir machen, wenn wir einem anderen Menschen in seiner Not beistehen: Der Halt, den wir einem anderen geben, gibt uns selber Halt.

---

25 Psalm 139,5.

Über TREU

fünfmal musste ich umsteigen
über TREU
hatte der Automat ausgedruckt
gemeint war Treuchtlingen
mehrmals kontrolliert
ob fahrberechtigt
mein Fahrplan im Leben
geht auch über Treu und Glauben
und manchmal frage ich mich
    und manchmal sage ich mir
sitzt du im richtigen Zug?
    ja – du sitzt im richtigen Zug
und stimmt der Fahrplan?
    und der Fahrplan stimmt
hab Vertrauen

Sich führen lassen

Die folgende Übung empfehle ich wie schon in Kapitel 8 (Aufeinander zugehen) in der Gruppe durchzuführen. Möglichst unter Anleitung eines Begleiters.
Wir gehen zunächst langsam im Kreis, schütteln Arme und Hände aus, lockern unsere Gelenke, holen tief Luft und lassen die Arme ausschwingen. Der „Staub" des Tages fällt von uns ab. Ab und zu fällt unser Blick auf die Kerze, die in der Mitte des Raumes brennt.
Wir gesellen uns nun zu zweien und laufen ein paar Runden nebeneinander im Kreis. Durch ein leichtes Kopfnicken oder ein Handzeichen ohne Worte übernimmt eine oder einer von beiden die Führung, der oder die andere lässt sich führen. Das kann durch einen leichten Druck am Ellbogen, an der Schulter oder Hüfte geschehen. Jedenfalls wortlos.
Der Kreis wird nun verlassen. Die Paare begegnen einander zufällig im Raum und nicken einander freundlich zu.
Nach angemessener Zeit werden die Rollen getauscht. Wer geführt hat, lässt sich nun führen. Wer sich führen ließ, übernimmt nun Führung. Anschließend werden die Erfahrungen ausgetauscht: zunächst beim Paar, dann in der Gruppe. Wie hast du dich gefühlt? Gab es eine Störung? Was war angenehm, was war unangenehm?
Eine Steigerung dieser Übung ist möglich, wenn derjenige, der geführt wird, die Augen schließt und sich ganz der Führung des oder der anderen überlässt.
Wer im Leben gewohnt ist, Kontrolle über alle Vor-

gänge zu behalten, wird es nicht gleich leicht haben, sich der Führung eines anderen anzuvertrauen.

Wer ständig im Leben Führung übernehmen muss, wird es vielleicht auch genießen können, Führung abzugeben und sich der Leitung (im ursprünglichen Sinn des Wortes) zu überlassen.

Die Erfahrung zeigt, dass sich der Führende bei dieser Übung seiner Verantwortung voll bewusst ist und besonders aufmerksam mögliche Stellen des Anstoßes wahrnimmt und auch umgeht.

Kapitel 13

Heiteres

**Du musst nicht immer müssen,
du darfst auch dürfen**

Lieben Sie Clowns?
Ins Wort fallen
Glück gehabt
Doppeltes Glück
Unterm Starenhaus
Dürfen
Kurschatten
Maskerade
Petrus spätgotisch
Wechselstrom
Kleine Lebensweisheiten
Der Pfarrersbu'
Fragebogen: Ist das nicht zum Lachen?

Lieben Sie Clowns?

Ich mag Clowns, Clowns, die im Zirkus auftreten. Schon als Kind habe ich über sie lachen müssen. Und noch heute freue ich mich über ihre Späße und fühle mich wieder wie ein Kind.
Ich meine freilich nicht jene Spaßmacher, die Klamauk machen, die ihren Kollegen ein Bein stellen, sie gehörig einseifen oder in eine Falle tappen lassen. Ich glaube nicht, dass Schadenfreude die schönste oder gar reinste Freude ist. Auch wenn ein TV-Renner lautet: Verstehen Sie Spaß?
Ich liebe jene Clowns, die uns die Welt mit den Augen eines Kindes sehen lassen. Die sich an einer schwebenden Feder freuen oder an einer Blume, die sie durch ihr Flötenspiel aus einem irdenen Topf locken. Die sich nicht satt sehen können am Gaukelspiel bunter Seifenblasen und die traurig sind, wenn eine nach der anderen zerplatzt. So nah können Freude und Traurigkeit beieinander liegen.
Ich liebe jene Clowns, die mich zum Lachen und zum Weinen bringen. Es heißt ja, dass die wahren Clowns alle ein wenig melancholisch sind.
Einen von ihnen, Oleg Popow, der früher mit dem russischen Staatszirkus auftrat, hat man einen Zirkus-Poeten genannt. „Sein Humor ist naiv, sanft und verträumt. Bosheit und Grausamkeit kennt er nicht", so urteilte ein anderer berühmter Pantomime, Marcel Marceau.
Einmal, wenn ich mich recht erinnere, trat Popow mit einer Schale in den Händen auf und sammelte Sonnenstrahlen. Und jedes Mal, wenn er einige gesammelt hatte, wurde seine Schale heller und sein

Gesicht leuchtender, so sehr freute er sich. Er selber wurde transparent für das Licht, das er gefunden und in seiner Schale aufbewahrt hatte. Endlich, als er genügend Sonnenstrahlen eingefangen hatte, goss er seine Schale aus, für sein Publikum, das ihm in stiller Andacht gefolgt war.

Es war für mich eine Predigt ohne Worte: Sammle Lichtstrahlen ein, die Gott dir schenkt, jeden Tag neu, bewahre sie in deinem Herzen und verschenke sie weiter, wenn es Zeit ist.

Ins Wort fallen
Eugen Roth zum Gedenken

Ein Mensch
in seinem innern Drange
hört zu –
jedoch nicht allzu lange.

Kaum hab ich mir ein Herz gefasst
und sage, was mir gar nicht passt,
kaum hol ich Atem, fahre fort,
fällt mir der andre schon ins Wort.

Und umgekehrt das gleiche Lied,
wenn es beim andern so geschieht;
kaum hat der andre angefangen,
spür ich das heftige Verlangen,
den Schwall der Worte abzukürzen
und sie mit meinem Wort zu würzen,
kurzum zu meinem Wohlgefallen,
dem andern auch ins Wort zu fallen.

Was ist zu tun, was ist zu sagen?
Ich denk, es gilt in allen Lagen:
Wer zuhört, hat auch was zu sagen.

Glück gehabt

Da hab ich nach dem Essen
Orangensaft im Glas vergessen.
Und als ich komme, um zu trinken,
sah eine Wespe ich im Saft versinken.
Durch einen Fensterspalt hereingeflogen,
hat sie der süße Saft stark angezogen.
Nun schwamm sie ganz im Paradies,
bis ihre Kraft sie schier verließ.
Fast wäre sie im Glück ersoffen,
noch strampelt sie und das heißt hoffen.
Die arme Wespe tat mir leid,
vom Paradies hab ich sie schnell befreit.
Und die Moral von der Geschicht:
Zu viel des Glücks bekommt dir nicht.

Doppeltes Glück

Beide hatten sich auf einer Entziehungskur für Alkoholiker kennen und lieben gelernt. Nun standen sie vor dem Traualtar, hielten einander an der Hand und blickten sich liebevoll in die Augen.
Keine Angehörigen, keine Trauzeigen, keine Freunde. Nur sie beide. Sie wollten es so. Ein Tag, der nur ihnen gehören sollte.
Ein Ja von ganzem Herzen, Ja mit Gottes Hilfe. Sie gaben einander den Hochzeitskuss unter dem Kreuz. Sie wussten, was ein Kreuz ist.
Nach der Trauung griff der Bräutigam in die Rocktasche und holte ein Bündel eingerollter Banknoten hervor. „Dass Sie keinen falschen Eindruck bekommen! Wir waren kurz vorher in der Spielbank und ich habe einen ansehnlichen Gewinn gemacht. Davon soll Ihre Kirche zehn Prozent bekommen." Und er steckte mir 300 Mark zu.
Aber eigentlich, sagte ich, haben Sie doch schon das große Los mit ihrer Frau gewonnen. Doppeltes Glück. Im Stillen hoffte ich, dass nach dem Alkohol nicht eine neue Droge ihr Leben bestimmen würde.
Der neu eröffneten Spielbank hatte ich meinen Segen nicht gegeben. Aber merkwürdig: Manchmal kehrt der Segen dort zurück, wo man ihn verweigert.

Kapitel 13

Unterm Starenhaus

Ich sitze unterm Starenhaus
und schlage meine Zeitung auf,
betrachte kurz den Lauf der Welt
und was sie so zusammenhält.
Der arme Star, den Wurm im Schnabel,
sitzt oben in des Astes Gabel.
Er wartet, dass ich weiche,
damit er seine Brut erreiche.
Und da ich nicht viel ändern kann
im großen Weltgeschehen,
beschließ im Herzen ich sodann,
mal eben aufzustehen,
den Stuhl zur Seit' zu rücken,
damit der Star mit fettem Wurm
die Brut im Kobel
kann beglücken.
Im Kasten zwitschert Jubelsturm.
Fühl mich ganz nobel.
Hab zwar die Welt nicht grad verrückt,
jedoch ein Starenherz entzückt.
Und die Moral?
Kannst du die Welt im Großen nicht bewegen,
so wirk im Kleinen ihr zum Segen.

Dürfen

Du kannst nicht immer können,
musst dir auch eine Pause gönnen –
was heißt hier „musst"?
Du musst nicht immer müssen;
ach, gönn dir doch die Lust,
das Glück im Augenblick zu küssen.
Du musst nicht immer schürfen
nach neuen Glücksentwürfen.
Du darfst auch dürfen.

Kurschatten

Darf ich Ihnen
eine Nadel in Bronze anstecken?
fragte der Kurdirektor,
nannte die Anwesenden
seine lieben Gäste
und überreicht einen Gutschein
für einen himmlischen Kurschatten.
Wundern Sie sich nicht:
Sie bekommen einen Windbeutel
mit Sahne gefüllt.

Maskerade
Unfrisierte Faschingsgedanken

Ein Mensch, der sich nicht gern verletzt,
hat eine Maske aufgesetzt.
Er hat dahinter sich versteckt
und fühlt sich durchaus unentdeckt.
Doch grad die Maske deutet an,
was man nicht leicht verbergen kann:
wovon ein Mensch so heimlich träumt
und was in ihm nicht aufgeräumt.
Es träumt ein Zwerg, er sei ein Riese;
und dass sie sich gern küssen ließe,
zeigt eine Blume voll erblüht,
derweil das Herz im Feuer glüht.
Der eine spielt den Bösewicht,
der andre den, der Herzen bricht.
Und wem die Welt nicht ganz geheuer,
verkleidet sich als Ungeheuer.
Ein jeder Schatten muss ans Licht,
so will's das seel'sche Gleichgewicht.
Und wenn du fragst, was das denn solle:
Gönn jedem seine kleine Rolle,
reiß nicht die Maske vom Gesicht!
Du trägst sie selbst – vergiss es nicht!

Kapitel 13

Petrus spätgotisch

Petrus
an der Wand
spätgotisch
mit Schlüssel
in der Hand
komisch
hättest du ihn
erkannt?
könnte gestohlen
werden
ganz unverhohlen
manchem
bleibt er gestohlen
notorisch
eingesperrt
an der Wand
da spätgotisch
eigentlich idiotisch
hat er doch
des Himmelsreichs
Schlüssel
in der Hand

Wechselstrom

Ein Mensch
hat es bei sich bedacht,
dass Helfen wirklich Freude macht.
Er richtet einen andern auf
und kommt so nebenbei darauf,
dass er, indem er andre stützt,
zugleich dem eignen Wohlsein nützt.
Indem er einen andern hält,
erfährt er Halt in dieser Welt.
Es ist ein Wechselstrom. Punktum:
Die Richtung kehrt sich wieder um.
Was einem andern du erwiesen,
du kannst es schließlich selbst genießen.

Kleine Lebensweisheiten
zur Jahreswende gepflückt

Mach nicht zu viel, mach nicht zu schnell,
denn sonst versiegt der innre Quell
und alle Pflicht und was du musst,
erweckt in dir nur Daseinsfrust.

Gönn jeden Tag dir eine Stunde,
dass dir das Essen schmeckt und munde.
Gönn jede Woche dir den Tag,
der frei sein darf von Alltagsplag.

Gönn dir den Schlaf, die freie Zeit,
Gelassenheit, Gemeinsamkeit.
Auch das Gespräch braucht seine Pflege
auf dem vereinten Lebenswege.

Sei nicht nur auf Erfolg erpicht:
du hast auch eine Sorgfaltspflicht,
die du, indem du dich geduldest,
gewiss der eignen Seele schuldest.

Denn wer den Bogen überspannt,
wird schlaff und hält der Welt nicht Stand.
Lebst nicht nur, weil du sollst und musst:
gegönnt sei dir auch Spaß und Lust.

Und hat sich Ärger angestaut,
so sei er abends abgebaut,
dass nicht all das, was dir so stinkt,
mit dir in deine Federn sinkt.

Vergiss nicht, jeden Tag zu danken,
weis Neid und Eifersucht in Schranken
und schließ in dein Gebet mit ein
den Nächsten, mag er schwierig sein.

Und sei bescheiden, demutsvoll:
„Ich hab getan nur, was ich soll.
Mög Gott mein Tun und auch mein Lassen
getrost in seinen Segen fassen!"

Der Pfarrersbu'

Meine Mutter sagte
der Bu'
soll Schreiner werden
Handwerk
hätte goldenen Boden
mein Vater sagte
der Bu'
soll zur Sparkasse
und er besorgte mir
eine Lehrstelle
aber der Bu'
sagte zum ersten Mal Nein
nun zimmert er Predigten
und leimt Worte zusammen
spricht vom Kredit
den Gott uns gibt
und von den Talenten[26]
die jedem anvertraut sind
nur das Levitenlesen
erspart er sich

---

26 Talente: in der Antike Silbergeld.

Fragebogen: Ist das nicht zum Lachen?

1. Kann ich mit anderen lachen?
2. Kann ich mit anderen über mich selbst lachen?
3. Komme ich dem Lachen der anderen über mich zuvor?
4. Lasse ich mich zum Lachen bringen?
5. Kann ich andere zum Lachen bringen?
6. Bringe ich die Lacher auf meine Seite?
7. Lache ich manchmal leise vor mich hin?
8. Lache ich mir ins Fäustchen?
9. Lache ich auf Kosten des anderen (Schadenfreude)?
10. Tut mir das Missgeschick eines anderen leid?
11. Kann ich mich mit dem andern über dessen Glück oder Erfolg freuen?
12. Kann ich über die Schwächen meiner Mitmenschen (verständnisvoll) lächeln?
13. Kann ich über eigene Schwächen lächeln?
14. Kann ich lachen, wenn es Scherben gegeben hat?
15. Kommt mir das erlösende Wort „Jetzt kann ich nur noch lachen!" auf die Lippen?
15. Gibt es Situationen, in denen mir das Lachen vergeht?
17. Freue ich mich, wenn mir jemand ein Lächeln schenkt?
18. Schenke ich hin und wieder einem Menschen ein Lächeln?
19. Kann ich Tränen lachen?
20. Sehe ich das Leben mal mit einem lachenden und mal mit einem weinenden Auge?
21. Habe ich denn heute schon gelacht?

In Illustrierten kann man ähnliche Fragebogen oder Tests finden. Meist wird ein Punktekonto eröffnet. Die gewonnenen Punkte sollen Auskunft geben über Stärken und Schwächen einer Person. Aber wie kann man die einzelnen Punkte gewichten? Es könnte ja sein, dass ein Punkt drei- oder fünfmal so schwer wiegt wie ein anderer. Und wo setzt man die Grenze zwischen ausreichend und befriedigend, zwischen gut und gar sehr gut? Und was bringt ein solcher Notenschlüssel?

Dennoch will ich es auf meine Art versuchen. Also für jede Antwort einen Punkt. Aber vielleicht haben Sie bemerkt, dass ich zwei „faule Eier" eingeschmuggelt habe. Die Fragen 8 und 9 zielen auf eine menschliche Schwäche, von der manche Fernseh-Show profitiert, zum Beispiel „Verstehen Sie Spaß?". Es heißt zwar, Schadenfreude sei die schönste Freude. Ich habe mir aber bei beiden Fragen je einen Punkt abgezogen. Möge jeder selbst entscheiden, ob es da einen Plus- oder Minuspunkt oder gar keinen Punkt gibt.

Ich schlage folgenden Schlüssel vor:

16–21: Danke Gott, dass er dir ein heiteres Gemüt geschenkt hat!

11–15: Bitte Gott, dass er dir dein frohes Gemüt erhalte!

unter 10: Bitte Gott, dass er dir einen Grund zur Freude schenke!

Nachdem ich den Fragebogen zusammengestellt hatte, habe ich ihn gleich selbst beantwortet und kam auf 12 Punkte. Ich hoffe, ich finde mich in guter Gesellschaft wieder.

Bildquellen

S. 51   Stern im Bruchholz, Foto von Friederike Puchta, 2001
S. 211 IFA-BILDERTEAM/Rose
S. 269 © Ernst Barlach, Lizenzverwaltung, Ratzeburg

Hilfe und Rat in allen Lebenslagen

Waldemar Pisarski
**Was mir auf
der Seele liegt**
Mutige Antworten
auf Lebensfragen

192 S.,
ISBN 978-3-532-62354-1

Jede Woche finden die Leserinnen und Leser des bayerischen Sonntagsblattes in der Kolumne „Die Sprechstunde" klare und weiterführende Antworten auf Lebensfragen. Auf ihren Wunsch hat der Autor aus seiner Rubrik Fragen zu allen wichtigen Lebens- und Glaubensthemen ausgewählt. In seinen Antworten und einleitenden Reflexionen zu einer gelingenden Lebenspraxis verbindet er behutsame seelsorgerische Zuwendung mit eindeutigen und klaren Hilfsangeboten und Lösungsvorschlägen.

www.claudius.de

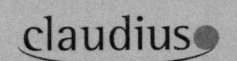

claudius